世の中ついでに生きてたい

古今亭志ん朝

河出書房新社

世の中ついでに生きてたい

装幀――山元伸子
写真――共同通信社フォトサービス

僕ら、廓を知らなくとも廓話はできる

山藤章二と

山藤章二（やまふじ・しょうじ）
一九三七年生まれ。
イラストレーター。
『週刊朝日』連載〈ブラック・アングル〉など。

山藤　だいぶ時間がたってしまったんですけれども、このたびは、志ん生師匠が……。
志ん朝　どうもありがとうございます。
山藤　お疲れになったでしょう。
志ん朝　ええ、やっぱりああいうことっていうのは疲れますね。死んだって聞いて、すぐかけつけて、そのまんまテレビの仕事に入って、あくる朝早くに名古屋へ行って仕事をやって、戻ってきたその晩が通夜ですね。翌日も六時に起きて、みなさんのお焼香をいただいたり、焼場で骨上げして、その足でテレビへ……。
山藤　しみじみ悲しんでるヒマなんてないですね。
志ん朝　そうなんです。ただ、おふくろが亡くなった時は陰々滅々としてまして、どうにも仕事がしにくかったんですが、親父の方は、あんまり陰々滅々とさせるような人じゃないんですね。ご存じの通り（笑）。まァいずれくることだろうと思っていたし……。
山藤　文楽師匠が亡くなった時の、志ん生師匠のショックは大変なものだったでしょうね。
志ん朝　ええ、おふくろが死んだ時よりショックがあったようでしたよ。すごく淋しそうでしたね。
山藤　志ん生という芸名は、代々、短命だったんですってね……。
志ん朝　だから、継ぐ時にはずいぶん反対が出たんだそうです。
山藤　それが、代々の志ん生の倍ぐらい生きちゃった。

志ん朝　しかも側にいる義姉《ねえ》さんが全然気がつかなかったくらいに、苦しまなかったし……。だから、本人は寝たつもりじゃなかったかな、と思って（笑）。

山藤　まだ気がついてないいんじゃない、死んだの（笑）。

親父には花よりも盃の方がよく似合う

志ん朝　昔だったら、それこそ、こわ飯ものですね。だから、涙が全然出なくて、焼香に来てくれた人に申し訳ないナと思っても、何としても出ないいんですよ。死んだ晩なんて、松葉屋の女将《おかみ》さんから、幇間《たいこもち》の清作さんから、芸者衆までみんな来てくれてワーッと騒いでくれたりなんかして、まるでそんな雰囲気ないいんですよ。

山藤　落語だと、そんな時にはお茶を眼につけて、「アタシはごく悲しいとお茶ガラが出るたちで……」（笑）

志ん朝　あくる日、お別れだてんで、お棺の中に入れて、顔のまわりを花で埋めまして、その時、ここらへんでくるかナって思ったけどこないいんですよ。その花がまた、親父に似合わないいんですよ（笑）。花にかこまれて似合う人と似合わない人がいるンだねェ（笑）。

山藤　どっちかっていうと、盃の方が似合う人ですね、あの人は（笑）。

志ん朝　弟子一同が柩《ひつぎ》をかついで、兄貴（馬生）が位牌を持って、私が写真を持って家を出たんです。細い路地から商店街に出る通りがあるんですが、そこンところイ行くあいだ、ズーッと近所の人たちが埋め尽くしてくれていて、商店街の通りも車が止まっちゃって、みんな、写真に手ェ合わせてくれてるんです。ア、こんだけ親父を皆で送ってくれるのかと思ったら、そンときに初めて、どういうわけだか知らないけど、ダーッと涙が出ましたね。

山藤　ウーン。名人にゃ違いないけど、かといって遠い人って感じじゃなかったからなァ。ほんとに身近な人が去ったたって、まして近所の人は感じたんでしょうね。

志ん朝　文楽師匠の時は協会葬で、浅草の本願寺でやったんですよ。親父もそうするかって話があったんですが、兄貴が、いや、親父はああいう所でやるのは似合わない人だから、家から出してやろうといって、そうしたんですが、町内の人に見送って貰《もら》って本当によかったような気がしますね。

山藤　ケチな親父が三人の息子に、オレが死んだらどんな葬いを出すつもりかって尋ねる噺《はなし》があるけど、師匠はご自分の葬いについて、注文はなさらなかったんですか。

志ん朝　ええ、そういうことは言わなかったですね。だから、なかなか死なないつもりでいたんじゃなかったのかしら。

山藤　僕が『オール讀物』の連載もので、毎年、ことし逝《い》った人たちを描いているんですが、毎年、志ん生師匠を描きそうになって（笑）、ア、まだだ（笑）っていうことばかりだったんですが、ことしはついに描かせて貰いました。それも不思議なことにメ切りの前日に亡くなられて……。

志ん朝　僕も、「小唄」ってバーの、ママさんが私の小唄の師匠ですが、そこのしおりに出すんで、親父のことを書いていたそのあくる日かなんかでしたから、ピッタリ合っちゃったなァなんて話してたんです。

山藤　先々週にこの対談に出ていただいた暉峻《てるおか》先生が「生きているだけで意義のある人だった」っておっしゃってましたが、全く、生きているうちから伝説上の人物みたいな方と、同じ時代に、同じ空気を吸っていたというのは、あとの人をうらやましがらせるのに十分だし、志ん生、文楽、可楽、三木助をオレはこの眼で見たんだぞっていうのは、落語ファンには大変な財産なわけです。

志ん朝　ひとりの落語家としても、かなりなショックなんです。いわゆるバックボーンだったものがなくなっちゃったような、そんな感じがあるんです。まァこれは、昔からみんなそういう宿命で、親父でも文楽師匠でもきたのかもしれないけど、昔は、前の方たちと自分たちの世代とが、オーバーラップしながら移っていったでしょう。それがポーンと途切れちゃったって感じがするんですよね。そういうと、今でも圓生師匠なり、小さん師匠なり、林家の師匠なりいらっしゃるんだけども、どうも、ちがうんですね。うちの親父の場合、何か匂いが、落語そのものの人でしたから。

山藤　まさに他の何ものでもない。タレントでも文化人でもない、噺しかないという感じですね。それも、あの天衣無縫な……。

志ん朝　ところがね、山藤さん、意外に思われるかもしれませんが、昔の親父はかなり地味だったらしいんですよ。早いうちに上がって「中村仲蔵」をやったり、まっちかくな芸だったらしいんです。

山藤　それは初耳です。

志ん朝　それがだんだん変って来て、いかにも志ん生の芸というふうになったのは三語楼師匠のところへ来てからですね。はじめは、いまの圓生師匠のタイプではなかったですかね。

山藤　僕らにはちょっと想像しにくいですね。

志ん朝　それから、兄貴と僕は、まァ一般社会に近いンですが、親父ときたらあの通りですから、他人が考えるととっても非常識なことが別に何でもないんですネ。例えば請合ってる仕事なんかでも平気で抜いちゃうしね。

本人が出たくないんだからこんなたしかなことはない

山藤　『びんぼう自慢』っていう本を読んでビックリしたんだけど、刃傷沙汰や、警察沙汰になったスッポカシを、いくつもやってるんですね。

志ん朝　ええ。で、帰ってきて「きょう、こういう電話があったよ」「うん、行かなかったよ」「どうして行かないの」「なンか行きたくねェんだよ」……（笑）。なンか行きたくないから行かないんですよ。あくる日、抗議の電話がかかってくると、「しょうがねェじゃねェか、本人が行きたくねェってんだから……」(笑)。

山藤　ハハハハ……。こんなたしかなことはない(笑)。

志ん朝さんは、最初、噺家になるつもりじゃなかったんですってね。

志ん朝　そうなんです。その点がほかの、好きで入った人と違って、自分じゃほかの商売やりたくてしょうがなかったんですよ。歌舞伎役者とか……。

山藤　なってたら、今頃は名女形《おやま》で鳴らしてたでしょう、きっと(笑)。

志ん朝　それから外交官。これが実におろかな話で、外国へ行きたいがために、保険の外交と間違えて、あれくらいならオレにも出来るんじゃないかっていうんで(笑)。で、いろんなものになろうとしたんですけど、どうも、あたし自体が優柔不断ですから。ひとつもんに向かってバーッと進みゃいいのに、根ッからの怠けもんなんですね。人が段取りしてくれないと何もやらない。親父のほうが一生懸命、噺家ンなれ、なれってお膳立てしてくれちゃったもんだから……。

山藤　なるほど。そういう無欲というか、のるかそるかといったせっぱつまった感じがないのが、志ん朝の芸風のいいところですよ。

志ん朝　これは、ただし他の職種じゃダメだったでしょうね、おなじ芸能界でも(笑)。

山藤　でも、芸事はお好きだったんでしょ、若い頃から。

志ん朝　ええ、芝居にしろ、踊り、唄、なんでも……。

山藤　それは、今日、あるいはこれから、どんどん血肉になるんでしょうね。例えば、着物ひとつにしても、そういうものの全くない環境に育った人とでは、大変な差がありますね。志ん朝さんの着物姿のよさっていうのは、もう知る人ぞ知るで（笑）。
志ん朝　そうですかねェ（笑）。
山藤　一方、たいへんひどい着物姿の噺家もいますね。面白いことに、テレビに多く出ている人ほど、着方がヘタみたい（笑）。
志ん朝　たしかに僕なんんか、普段の生活が着物でしたから、なじんでいるという点では……。かえってセビロを初めて着た時の方が、何か、こう、妙で（笑）。
山藤　ころんだりして（笑）。だいぶ前三十六年か三十七年頃、盛んにテレビづいてる時がありましたね、「若い季節」とか……。
志ん朝　ええ。
山藤　あの頃、ちょっと心配してたんです。小金治の二の舞で、またいい噺家をテレビにとられるんじゃないかって。

えーっと、一声で江戸時代に客をいざなう

志ん朝　僕自身も、やはり不安はありました。ていうのは、僕は何でも元から入らないと気がすまないんです。だからドラマに出るんなら、誰か役者のところィついて、その先生の、

トロ拭きを洗ったり、ハケを洗ったりの修業をちゃんとやらなければって考えがありますからね。当時両方とも中途半端になっちゃったわけで、だから寄席へ行くのがイヤでしてね。たった十分か十五分の高座が気が重くて重くて……。

山藤　それは楽屋で、仲間に白い眼でみられるってこと？

志ん朝　いや、そういうのは割と平気なんです。そうじゃなくて噺の自信がないんですよ。稽古してないから、のべつ同じ噺ばかりで飽きてくるし……で、こんなことやってちゃ、どっちつかずになっちゃうな、と思って、パッと一時ひっ込んじゃったんですよ。

山藤　そのインターバルは、結果的にはとても良かったと思いますね。ところで、志ん生ゆずりの廓《くるわ》噺が多い志ん朝さんに、ぜひきこうと思ってたんですが、よく、廓を知らない若い噺家が、廓噺をやるのはおかしい、なんて実にナンセンスな見方がありますね。僕に言わせれば、落語はあくまでイマジネーションの世界で、噺をする方も、きく方も、落語の好きな人は高級な人種だから（笑）、体験しなくたって一向に構わんと思いますがね。その体験派っていうの、いつの時代でもいるんですね、しつこく（笑）。

志ん朝　ことにお年寄りに多いんですよ（笑）。まァ、たしかに親父の廓噺をきいたりすれば、そりゃ、見事に情緒は出てますよ。ところが、知らないアタシらのを聞いて、オレは昔、遊んでいた、誰それの噺もきいた、それに比べて……なんて見方されたら、これはもう全然ダメですね。だから最初っから、そういう昔の人がよく出していた情緒みたいなものを、全然出さないようにしてます。

山藤　『品川心中』みたいに、ストーリーとして面白ければ、その面白さで引っ張って行けるんでしょうけどね。

志ん朝　そうなんです。『居残り左平次』とか、『三枚起請』なんかですとね。ところが、『二階ぞめき』なんてのは、とてもじゃないけど、ダメですね。あれこそ情緒のかたまりで（笑）。ひやかしに行って、唄うたいながら、それもなんともいえず鉄火な唄い方で。女とやりとりする若い衆なんか、どうやっても出来ない。女の口のききようが、もう、お茶ひいちゃってて、その雰囲気なんていうのは、もう、どうしようもない。いまやれば、ただしゃべっているというだけに終わっちゃいそうで……。

山藤　『よかちょろ』という噺が、僕は好きなんだけど、あれも、どこが頭か尻尾《しっぽ》か分らない、なんとも人を馬鹿にしたような噺だけど、ああいうのこそ、噺としてはむずかしいんでしょうね。

志ん朝　そうなんです。金だらいを持って来て、お湯ゥ入れて、ヒゲを当ってる、そんなようなのが、もうまるで、自分たちしたことがないわけでしょ。

山藤　でも、若い噺家がやったって、そんなに違和感を感じさせない人もいるし、そうでない人もいるんで、目の前にしてほめるのもなんだけど、志ん朝さんが出て来て、「えーっと」一声出すと、ぽんと江戸時代へ行っちゃって、外車に乗ってるってことを忘れて、ア、この人は本当に貧乏なんだナって思っちゃう（笑）。

ヒイキしたくとも芸人のほうが金持では……

志ん朝　貧乏っていえば、親父みたいな、ものすごい貧乏ってェの、いまンなると、してみたいなァっていうような気がするけど、もはや、うちのカミさんがいやがるだろうナ（笑）。今の女は、幾ら惚れて一緒になって、生涯連れ添おうなんて思っても、そんなことになりゃ逃げ出すでしょうね（笑）。

山藤　昔は芸人が貧乏だったたっていうことは、客にしてみると都合のいいことで、少々の金で喜ばせたし、ヒイキらしき感じを味わえたんでしょうけど、今や、芸人の方がはるかに金回りがよくて、仮に、僕が志ん朝さんに幕の一枚も贈りたくても、作るのに大金がかかるし、その割に喜ばれないンじゃないかと思って、やめてるんです（笑）。

志ん朝　そんなことないですヨ（笑）。ください（笑）。

山藤　まァ、幕は高いから、その、前にあるご馳走、どんどんやって下さい（笑）。

志ん朝　僕なんか、こんど、どういうわけか、カミさんにうまい具合に言い含められて、家を購入しちゃったんですよ。と、それの返済にキュウキュウしてるわけですが、いつになったら終わるのって聞いたら、あんたが五十になったら終わるわよ、そしたら好きなことしていいわよって、もう、五十になってから好きなことしたって、つまンない……（笑）。それじゃ、できるだけ早く返そうなんて思うと、こんどはからだが参っちゃうし……。

山藤　それは、全国的な（笑）女房群の非常に賢明な作戦なんですよ。返し終えた頃は、もう男としての役に立たなくなってるから、安心していられる（笑）。

志ん朝　そうなんだな。色気のほうがだいぶ衰えちゃって、そこへ、おアシが出来たからって、そう、若い時みたいに楽しかァないですからね。

山藤　スープの出しガラみたいなもンです（笑）。

〈ホストから最後に一言〉

滅びゆく江戸ことばに「様子がいい」というのがある。ことばだけでなくそんな噺家も少なくなった。その中で志ん朝さんの「様子のよさ」は群を抜いている。対談のあと、寄席へ同行して『三枚起請』を聴いた。寄席では珍らしい30分の熱演だった。役得であろう。

（1973）

最期まで高座に燃やした志ん生の執念

金原亭馬生・結城昌治と

金原亭馬生（きんげんてい・ばしょう）
一九二八年生まれ、八二年没。
落語家。志ん朝の兄で志ん生の長男。
『笠碁』『そば清』『あくび指南』など。

結城昌治（ゆうき・しょうじ）
一九二七年生まれ、九六年没。
作家。
『志ん生一代』『軍旗はためく下に』など。

結城　ご身内のことを好き勝手に書かせていただいて、いろいろご迷惑をおかけしたんじゃないかと思って恐縮してますが、とにかくわからないことだらけでね。今まで自伝などに書かれているのは、志ん生師匠の生まれた日からご両親の名前まで違ってるんですよ。これは驚きました。

志ん朝　実の子の私たちがあんまりよく知らないですものね（笑）。

結城　取材に協力していただいた皆さんは、五、六十年前の記憶をたどるわけでしょう。いろんな方に会って聞けば聞くほど話がゴチャゴチャになっちゃうんですよ。それぞれ記憶が違ってるんですね。だから周りから固めていって、このへんだなと思って書くしかない場合が多かった。四十過ぎまでほとんど無名でしたからね。

志ん朝　ぼくなんか初めて聞くような話がずい分ありましたね。知らないことのほうが多いですよ。

結城　馬生さんから見たお父さんはどういう人でしたか。

馬生　あの通りですよ、ほんとに。豪放なところを他人に見せるけれども、内心は非常に気の小さい人だったしね。そういうところがよく描けてましたよ。

結城　内ヅラと外ヅラのちがいはありませんでしたか。

馬生　そういうことはなかったですね。内も外もたいして変わんないんです。

結城　家の中でも明るくて？

志ん朝　いや、明るくないんです。

結城　志ん朝さんが生まれてからだいぶ明るくなったと聞いてますが。

志ん朝　明るくなったといってもわりに仏頂面してるときのほうが多いですね。たまに機嫌がいいとシャレ言ったりしてますけど。

馬生　確かにね、弟が生まれてからかなり明るくなりましたよ。それ以前はうちに帰ってこない日のほうが多かったり、帰ってきてもおふくろさんと言い合ったりもしましたしね。

結城　お母さんはどういう人だったんですか。

馬生　うちのおふくろてェのはね、典型的な明治の女でしてね。明治の女の人の辛抱強さがあったし、貧乏していてもそれを乗り切る強さもありましたね。だから、おやじさんがかせげるようになったらまことに気前のいい女性に変わっちゃってね。自分の着物を買わないで他人の着物を買ってやったりね。

志ん朝　おやじより江戸っ子だったね。

馬生　そのかわり、血を見たりおやじさんに何かあったりすると「ああ、大変だ」とオロオロしちゃって、典型的な女に戻るんですよ。私は、おやじが死んだときよりおふくろが死んだときのほうがショックでしたね。

志ん朝　ぼくもそうだった。おふくろのときのほうが弔いも陰々滅々としてたもんね。ことにうちのおふくろは、心配性だし、自分は食わなくても子どもには食わせるようなところがあるんです。だから、おやじとおふくろがけんかすれば、子どもは全員おふくろのほうにつくわけですよ。

結城　いくら昔気質でも、よく辛抱なさったと思いますね。

志ん朝　ああいう人はちょっといないんじゃないですかねえ。並大抵のことじゃないですからね。

馬生　やっぱり子どもに対する愛情が八割ぐらい占めてたんでしょうね、もちろんおやじさんにも惚れてたんでしょうけど。

志ん朝　辛抱強いことにかけてはそうとうだったから、患うと大患いなんですよ。風邪引いて熱があっても、言うとまわりに心配かけるからというんで我慢に我慢を重ねるんです。だから、ちょっと横になりたい、と自分で言ったときにはもうかなり追い込まれてるんですよ。

結城　お父さんの芸についてはなにかおっしゃってましたか。

馬生　そういうことはあんまり言わなかったね。

志ん朝　うん、言わなかったね。

結城　馬生さんや志ん朝さんの芸についてはどうでした？

馬生　それも言わなかったですね。

志ん朝　仕事に口出し、というとおかしいけれども、そういうことはあんまり言わなかったですね。

馬生　弟がね、ＮＨＫテレビの「若い季節」で一番おしまいに映ったことがあるんですよ。それをおふくろが見てたんですね。私のところに飛んできて「強次がいまトリを取ったよ」って（笑）。一番おしまいに出て、みんなになぐられている顔が大写しになって、「つづく」と出たわけですよ（笑）。

志ん朝　そういうふうに、自分のせがれの名前が出たりすることに対しては喜んでくれたし、「よかったよ」ということは言いましたけどね。批判みたいなことは言わなかったですね。

やはり倒れる前の方がよかった

結城　お父さんは昔の芸人の話はしてくれましたか。円喬はどうだったとか。

志ん朝　それはしましたね。飲むとそういう話しかないんですよ。どこの師匠でもそうじゃないですか。ある程度自分にうぬぼれがあるでしょう。だから、飲むとだれかを相手に芸談をして、反省をしたり、自慢をしたり、相手の知らない人のことをおれは聞いてるんだと言ってみたりね。あんちゃんを相手にやったり、ぼくを相手にやったりね。

結城　志ん生師匠の芸について、病気の前とあとの比較をするとどうでしょうか。

馬生　こういうのはね、自分の親をほめると何かしまらないし、けなすと何だといわれるし、大変困るんです。身内としては、やっぱり言えない部分が多いと思うんですよ。同業だけに困っちゃうんですよ。だから、私はその話題からなるべく逃げることにしてるんです。

志ん朝　ぼくはわりに平気ですね、やっぱりゼネレーションが違うんでしょうかね。倒れる前と倒れたあとでは、そりゃ、倒れる前のほうがいいですよ。倒れてからは、聞きに来ても「ああ、聞かないほうがよかった」と思って帰った人がいると思うんです。中にはこれでもいいいんだ、という気違いみたいに好きな人もいたでしょうけどね。

ぼくとしてみればやっぱりさみしいし、初めて聞いた人に対して、「ほんとはこんなんじゃないいんだよ」と解説に出て行きたい気がするわけですよ。

馬生　前のほうがいいことは確かだけどね。

結城　結局、死ぬまで落語をやってたかったんでしょうね。

志ん朝　それだけだったですね。

結城　高座へあがる以上は、いいものを聞かせるという自信を持ってたと思いますが。

人情ばなしでも笑わせる余裕

志ん朝　その点が文楽師匠と違うところだと思うんです。師匠は自分の芸を非常に大事にされていたから、ちょっと思うようにいかなくなると、自分の芸にキズをつけたくない、自分の名前を大切にしたい、あれが文楽かと言われたくない、というんでスパッとやめちゃった。これも芸人としての立派な生き方だと思いますね。

うちのおやじは正反対で、死ぬまでがむしゃらでしたね。もうあたりかまわずですよ。自分でもわかってたと思うんです。じれったがっていましたから。ポンポンポーンといくところが、思うように舌が動かない。それでも何度も独演会をやったり、出たがってね。

おかしいんですけど、患ってからでも気が乗ったり乗らなかったりするんですね（笑）。出られただけでもありがたいと思わなきゃならないのに、ぜいたくですよ。気が乗るととてつもなくわけのわかんない方向に進んでっちゃってほかの話になっちゃう。いつこっちに戻るんだろうとまわりはハラハラしてるのに本人は昂然として一人でしゃべっている。ああいう心境にはちょっとなれないですね。文楽師匠は、たとえばきれいな線で描いてる絵に墨をポトッと落としたらもういやになっちゃうんでしょう。「あたしはもう言えません」ということになってその絵はもういやなんですね。

うちのおやじは、その墨をまたのばりしたりして何か描いたりしそうなんですよ（笑）。

馬生　倒れてから、東横のホールでやるときなんか、脇で聞いてると心配でねえ。大丈夫かなァと思うんですよ。だけどね、おやじさんは客に受けてる間に一生懸命考えてるんですよ。この次おれは何をしゃべろうか、って。エーッなんて言いながらね。それを、実に志ん生のあの「間」がいいという人が多いでしょう。やっぱり芸の力というのは大したものだなって思いますね。

結城　そう思わせるのはやっぱり芸ですね。

馬生　えーえ、芸の力ですよ。「エーッ、世の中ってぇものは」といってまた元に戻ったりしてね。客はそれで納得してるんですよ、またおもしろいぞ、と待ってるわけですね。あとで「マクラが少し長すぎるよ、早く本題に入ったほうがいいんじゃないの」というとね、「あれはどうやってはなしに入っていくかわかんなかったから一生懸命探ってたんだ」というんですね。

マクラでお客を受けさせるというのがおやじさんの一貫した信条でしたからね、売れないときも売れてからも。

何とかマクラで受けた、さてどうやってこのはなしに入っていこうか、ってテンで迷ってるわけですよ。それがよくわかるんです。だから、はなしに入るとバタバタッと終わったりしてね。

結城　落語をやりたい一心と、酒を飲みたい一心で生きていたという感じがあるんですけど、晩年はその両方を取られちゃったでしょう。

馬生　そうですねえ。やっぱり一番気の毒だったのは、高座へ上がれなくなったことですね。自分で落語の本を一生懸命読んでてね。

志ん朝　出られなくなってもけいこしてましたね。もうクセみたいになってたのかもしれませんけど。自分の生活の一部として、夜中に起きて、昔の名人といわれた人たちの速記本なんか読んで、自分で覚えて、はなしを組み立て直す、ということを長年やってきてずーっと続いてたわけでしょう。だから、患ったあともそれだけはやめなかったですね。

馬生　とにかく引っかき回して客を抱腹絶倒させて、特殊な人気がありましたからねえ。はなし家になりたてで、まだ十五、六だった私が「うちのおやじさんうまいのかな」と思ったりするくらい乱暴な芸でしたよ。こういうものかなと思って聞いてましたけどね。

志ん朝　よく、いわゆる余興に行っても受けなきゃいけないし、ちゃんとした落語研究会みたいなところでも受けなきゃいけないんだ、ということを言ってましたね。だから、戦後、本落語みたいなのが盛んになって、キチンとした芸をなさる師匠方が並んでる中で、目立つんですよねえ。みんなが期待をするし、いつ聞いてもいいという芸でしたからねえ。

結城　あくまでもお客さんを楽しませて帰す、という気持ちがあったんですね。

馬生　とにかくそういう意識に徹してましたね。得意なはなしでワーッと受けさせる。そりゃもう、どんなことがあったって受けさせましたね。それがおやじさんの見識であり、芸全体を支えてたんでしょうねえ。

結城　人情ばなしを最後までものにしたがってたでしょう。志ん生師匠の人情ばなしはうまく笑わせてくれましたけれど、それでもワーッというのは無理ですよね。

馬生　人情ばなしをやっても笑わせなければダメだといってましたね。確実に笑わせるところを一カ所残してましたよ。これには感心しましたね。『牡丹灯籠』をやったって一カ所笑わせるんですから。『牡丹灯籠』は笑わせるものじゃないでしょう、怪談だから。

結城　それは客を喜ばせなければならないということと、もし受けなかったらという気の小ささ、両方合わさってたんですかね。

馬生　さあ、そこまでいくとちょっとわかんないんですけどねえ。たとえばね、飯島平左衛門に萩原新三郎は首を切られるところをね、「ザッと切ると首がコロッコロッと……」——みんなワッと笑うんですよ、そういう描写が非常におかしいんですよね。普通だったら、首を切られてその首がコロコロなんておかしいわけがないんです。おやじさんがやるとおかしいんですよ、ねえ。「エーッ」と笑いの静まるのを待つくらい受けるんです。で、「これは夢でした」というとまたワーッと受ける。

志ん朝　それとね、うちのおやじの人情ばなしというのは、むずかしくやらないんです。構えないですね。普通は、講釈と人情ばなしとはどう違うのと聞かれるくらい構えるでしょう。しゃべるときの態度もスッとやりながらツーッとしゃべっていくでしょう。そこがうちのおやじは緩急自在でしたね。世間ばなしをするような感じなんですね。「実は、皆様にこういうようなことを……」という言い方じゃなくて、「この間ね、あそこに行ったんですよ。そしたらね……」という調子なんですね。

ところがこれをね、ぼくらがやったんじゃダメです。世間ばなしをするように軽くはできないですよ。おやじは構えないでできるんですね。

これはとてもすばらしいことだと思うんです。大概の人は構えますよ。そのときのなりだってかなり気にするでしょう。それをうちのおやじは、前ははだけちゃってても平気で、どんどん落語じゃなく人情ばなしをやってってっちゃうんですね。これがすごいなと思いますね。

生涯あった円喬コンプレックス

馬生　結局、おやじは四代目円喬にあこがれてたんですね。

結城　そうらしいですねえ。だから、円喬を聞いたことが幸せであると同時に不幸でしたね。聞いてなければ、自分は名人だという意識を持って、病後はそのまま高座を退いて大往生をとげたと思うんですよ。ところが、名人円喬を聞いちまってるから、自分はまだ及ばないという意識が強くて、それが高座への執着として最後まで残ってたんじゃないか、という気がするんです。

馬生　円喬コンプレックスを生涯持ち続けていたことはたしかですね。「円喬師匠がねェ、『お民の伝』をやるときはねェ、謡をうたいながら帰ってきて月を見ながらこうやってね。よかったんだよォ。おれは謡はできねぇし、あの踊りの手つきもできねえ。若い時にもっといろんなことを習っておけばよかったなァ。師匠はよかったなァ」——これを最後まで言ってました。

結城　いまお父さんのレコードがたくさん出ていますね。馬生さんは意識的にお父さんの型から離れて自分のはなしをつくろうとしていらっしゃるし、志ん朝さんはお父さんの型を継ぎながら新たに自分の芸風をつくりあげようとしていらっしゃる。いずれにしても、いまのところお父さん、というよりお父さんのレコードが邪魔っけでしょうがないいんじゃないかと思うんですが、いかがでしょうか。

志ん朝　ぼくなんかはそうですね。

馬生　私は全然聞かない。

志ん朝　調子のいいときの録音と悪いときのがあるでしょう。調子のいいやつだけをたまに聞くと、ほんとに聞き込んで考え込んだら、こうなるのは大変だなと思うけれども、そうなる前に、われわれが落語を聞く場合、楽しむことと同時に勉強という気持ちがどうしても起きるでしょう。ところが、うちのおやじの場合はわりにそういう気持ちを起こさせないんです。楽しく聞かせてくれるからたまに聞くんですけど、あとはあんまり聞かないんですね。ほかの、たとえば金馬師匠を聞いてみたり、圓生師匠を聞いたりということはありますけど。

馬生　レコードを聞くと、私の頭の中にある艶やかな志ん生最盛期のものが壊れるような気がしていやなんですよ。戦時中あたりの独演会ね、冷房も何もないところで、七月、真っ昼間やるんですからねえ。それでもお客がダーッと並んで、いっぱいにしちゃうんです。そんな中でやった『唐茄子屋政談』なんて、いつ聞いてもうまいなあ、と思って聞いたもんですよ。暑い最中でもだれもうちわやせんすを動かさなかったんですからね。一等暑い中で聞いてるんですよ。

志ん朝　そりゃ、いまのレコードを聞けばやっぱりイメージが壊れるでしょうね。ましてやおやじが一番不得手にしている録音ですからね。いやな仕事の部類ですから、いい出来のはずがないですよ。

馬生　大塚の鈴本で昼間やった独演会では、ちょうど空襲警報の演習をやってて、右側の通路で「空襲警報!!」とやってンですね。『牡丹灯籠』をやってたんですけど、客はそっちを振り向きもしなかったですよ。マイクを使うわけじゃないんです。もううまいだとか、下手だとか、何だとかかんだとかいう以前の問題ですね。とにかく客をキュッとつかまえたきり離さないんだから。

志ん朝　おやじの芸はいろんなものの形が変わってきて固まって、最後まで年のわりにはかなり躍動してたような気がするんですよ。やり方を変えてフワーッと軽くやってても、それは自分なりの計算でそういうふうにしたんだろうし、自分の体でこういうときにはこうやるものだと覚えていって自然に変えていった。芸に対しては終生貪欲だし、けなげですよね。それがぼくらにとってはくやしい半面ですね。

「裏長屋のおやじの挿絵にコレダ」

馬生　病気になったあと、マクラをふっててね、いろんなことを言いながらはなしに入っていく味というかねえ、楽しいんですよね。何のはなしに入るのかしらないけど、ポンとはなしに入っていっちゃう。あとでおやじさん「くたびれたからはしょったよ」と言ってたけれども、それでも聞いてて楽しいんですよね。やっぱり稀有な人なんでしょうねえ。

結城　ぼくが驚いたのは、昭和四十二年のイイノホールでしたけどね、客席にいたら体が不自由だということは全くわからないんですよ。板付きで右手が利かないんだけど、ピシッと座って四十分から五十分やるわけです。

　ぼくはたまたま用事があって楽屋のほうへ回ったら、弟子におんぶされてエレベーターのほうに来る師匠に会ったんです。びっくりしましたね。高座でしゃべってる姿を見たら、だれだって自分で歩けると思いますよ。呂律が回らないにしても、そんな不自由な体とは思っていなかった。

馬生　あの時点ではみごとでしたよね。芸に対する執念でしょうねえ。

結城　結論的には、ぼくはいままでの志ん生像を壊したと思っているんです。いままでの志ん生像は虚像だったと思うんですが、ぼくがつくった志ん生像もまた虚像ではないかと、反省しているんです。結局、「私の志ん生」を書く以外なかったということですね。

馬生　一人の人間、ましてうちのおやじさんみたいな人間を正確に描写したらおもしろくないかもしれませんしね。でも、私はかなり的確にうちのおやじさんを書いてあると思うんです。それと、村上豊さんの絵が実におやじさんにピッタリなんですねえ。ひょうひょうとしてね。裏長屋を描いておやじさんがちょっと首を曲げてるところなんか、それこそ「コレダ!」という感じがしますね。八月二十六日号で、おやじさんがうしろ向きに寝転んでるのなんかスケッチしたんじゃないかと思うくらいですよ。

村上豊画伯　兵隊寅さんが死んだところですね。ただ、これが多分主人公じゃないかというとき、えらい顔してるな、と思われたかもしれませんけれども、別に悪意があって描いてるわけではありませんので。勝手な絵を描きましてどうも……。

馬生　だれでもない、おやじさんが向こう向いてるという感じですよ。

村上　志ん生さんの顔は非常にむずかしいんです。描けそうで描けない顔ですね。

結城　志ん生師匠のような人はもう二度と現れないと思うんですけれど、いまこれだけ落語が盛んでありながら寄席は衰えてる。はとバスでも来なければ満員にならないという状況で、これからの落語界をどういうふうにごらんになってますか。

馬生　私はそれほど悲観することはないと思ってるんです。足が便利になったし、テレビがあってうちで十分に楽しめる、その結果出かけていかなくなる。それで飽き足らなくなってくると寄席に行ってみようと思うんですね。

志ん朝　ぼくも全然悲観はしてないですね。だれか一人でも二人でもうまいといわれる人が出ていれば、それで何とかもつような気がするんです。

ただね、そんなことをやっていて客がいつまでもついてくるかといえば、いつまでもついてくると言い切れる自信はないんです。もしだんだん見放されて、客がいなくなって、いまよりもっと所帯の小さい落語界になっても、ぼくは、ぼくが知っている、ついこの間まで志ん生、文楽を頂点にしてずっと来た今日の落語というものが好きなんです。
だから、時代がどんどん流れていって、そういう落語が置いていかれるようになっても、お客が離れていっても、ぼくは落語をやるんだったらそういう範囲の落語にしか魅力を感じないんです。

結城　時代といいますけどね、江戸末期に栄えた落語が昭和になってまた栄えてるわけでしょう。それは、落語そのものの中に時代を超えたものがあるからじゃないかな。

志ん朝　ぼくの考えはそうなんですよ。いままで大勢の人が寄ってたかってやったもの、ただ筋をしゃべれば古くさいものを、いま生きてるものにしなくちゃいけないということですね。それがわれわれの使命だと思うんです。

結城　つまり、いい芸人さえいれば、いいはなし家さえいればいいということですね。

馬生　絶対にそこですよ。

志ん朝　いいはなし家がいればいいはなしを生かすということですからね。

馬生　その社会が栄えるか、その社会がダメになるかは、その社会にいい芸人がいるかいないか、それだけの問題ですね。

結城　そういう意味で、口幅ったい言い方になりますけど、馬生師匠も志ん朝師匠も、大いに頑張ってください。
私もファンの一人として愉しみにしてます。

（1977）

〝普通の人〟の感覚でないといい仕事はできない……

池波正太郎と

池波正太郎（いけなみ・しょうたろう）
一九二三年生まれ、九〇年没。
作家。
『鬼平犯科帳』シリーズなど。

志ん朝　きょうはなんかすごく気が楽になっちゃって、何聞こうか、何話そうかって気持ちになんないんですよ。

池波　なんで？

志ん朝　いえね、気を許しちゃってるというか、もう相当ビールいただいちゃって酔ったせいか……大変失礼なんですけど。

池波　あなたなんかモテ盛りで大変でしょ。

志ん朝　それが先生、そうじゃないんですよ、不思議ですねェ。自分で不思議だなんて言っちゃせわないけど（笑）。

池波　相変わらず忙しいんでしょ。遊んでるヒマがないのかね。

志ん朝　それほど忙しくもないんですけどね……。もうちょっと自分でマメにならなくちゃいけないんでしょうね。

池波　そりゃ、あなた、マメでなきゃダメですよ、遊ぶんだったら。

志ん朝　ところがあたしが人一倍無精なんですよ、どういうわけか……。ハハハ。

池波　女なんてのはね、連絡を絶やさないようにしてやらなきゃダメだ。してないんでしょ？

志ん朝　しないんですよ。連絡したい気持ちはあるんですがね。でも無精ってのはしようがないですね。電話をかけるにしても、いままでは「回すのがいやだよ、ダイヤルを」って言ってたのに、ピポピポと押すだけのができても、「押すのが面倒だよ」ってんだから……。もっとも、いまは電話かけるような相手もいないんですよ、悔しいけど。

池波　私と同じだねえ。このごろは、いい女ってのがなかなかいないでしょ。

志ん朝　そうですかァ……。昔に比べりゃ、ずいぶんいい女が増えたと思うんですがね。

池波　いい女って、ここ（胸のところを押えて）ですよ、あなた。

志ん朝　ああ、ハートのいいのは少なくなったんでしょうね。このところ縁がないもんだから、よくわかんないんですよ（笑）。

池波　ところで、あなた、いくつになったの。

志ん朝　ちょうど四十二の厄です。

池波　なんだ、四十二なんていったら、モテ盛りじゃありませんか。

志ん朝　それはね、宣言してるんですよ「ことしこそはやるよ、オレは」なんてことをね。

池波　誰に宣言してるの。

志ん朝　カミさんにも言うんですよ。

池波　そんなこと言っちゃいけません。おカミさんにそんなこと言うと、あなたが年とって病院にでも入ってごらん、そのときに敵討ちされますよ。動けなくなってごらん、カミさんにいじめられるから（笑）。

志ん朝　ハハ、そうかもしれないなァ。

池波　これはね、亡くなった文楽さんが言ったように、絶対言っちゃいけないことなんだよ。

志ん朝　うちのカミさんなんか「浮気ぐらい平気だよ」とか「芸人なんだからそれぐらいあたり前だろ」なんて、あたしを嬉しがらせるようなこと言ってるけど、これはウソなんですかね。

池波　ああ、ウソもウソ、大ウソのコンコンチキだよ。

志ん朝　もっとも、浮気されて平気でいる女房なんてのは、亭主のことを本当には愛してないのかもしれないなァ。うちのカミさんどうなんだろ、ハハ。

池波　実際にやってごらんなさい、大変なことになるから（笑）。

あんたを〝新国劇〟の後継者にと……

志ん朝　しかし、先生なんか若い頃はずいぶん遊んだんだろうな。先生の描く女ってのはどれも実に色っぽいもの。よっぽど上手に遊んだんでしょうね。

池波　……（笑）。

志ん朝　体形的に太目の女のほうがお好きなんでしょ。本読んでると、出てくる女はみんな太目に描かれてますもん。

池波　ぼくの年代の人はみんなそうだよ。

志ん朝　『その男』の中村半次郎のセリフの中に「背中からお尻までつながってる」っての

があるでしょう。あれがとってもよかった。すごい実感としてあるんでしょうね。

池波　デブじゃ困るけど、昔はふっくらした女でなきゃモテなかったんだよ。最近のはやりでしょ、骨と皮みたいなガラガラがモテるようになったのは。

志ん朝　外国でもそんな感じですね。絵や彫刻見ると。ビーナスみたいに、ドーンとしててお腹なんかものすごいもの。

池波　女はあれでなきゃダメですよ。

志ん朝　あたしもどっちかというとそういう女のほうが好きなんですよ。徳山家の話は何でしたっけ？

池波　『男の秘図』ですか？

志ん朝　そうそう、あれに出てくるお梶さんとか、ばあや……これ絶対、先生の好みの女像なんだなと思うんです。

池波　いや、ぼくの好みというより、あの時代はみんなそうだったんだよ。歌麿や清長の錦絵を見てごらんよ。みんなちゃんとふくらむ所はふくらんでる。

志ん朝　それにしても、いいんですよネ、先生の描く女は……。それと、先生の本にはよく食べ物が出てくるでしょ。これがまたたまらなくいい。たとえば、大根を煮て、それにしょうゆをちょっとかけてサカナにして飲む……。読んでてホッとするんですよ。あ、出てきた、ちょっと食べてみたいなァとよだれが出てくるもの。

池波　そうですかねェ。

志ん朝　ええ、何でもないことかもしれないけど、大根厚く切って、それをゆでてしょうゆをかけて食べる……いいなァ。

池波　だって、昔、さんざん食べたもんでしょ。

志ん朝　ええ、だからいいんですよ。そういうことを書く方がほかにいないんでしょ、先生以外には。

池波　たしかに日本人の小説には食い物の話はあんまり出てこないな。現代小説でも、彼と彼女がホテルのグリルで食事した、とそれだけだ。何を食ったのか、うまかったのかまずかったのかはほとんど書かれていないね。

志ん朝　食べ物ってのはね、生活がフッと出るんですよね。それがたまらなくいいんですよ。

池波　それがぼくにはよくわからないのよ。有吉佐和子さんなんかもこれがいいって言ってくれてるそうだけど……。ぼくは季節感を出すために食い物のことを書いてるんだけどね。昔は、いまと違って食い物に季節があったでしょ。

志ん朝　だからいいんですよ。フーッと情景が目に浮かんでくるもの。あたしなんかがこう言うと失礼なんだけど、先生の小説の良さは、ここだと思うんですよ。さっき言った女の描写もそうですよ。先生がよく使う「肉《しし》置き」って言葉があるでしょ。背中からお尻にかけて肉がずうっとある女、これがパーッと浮かぶんですよ。読んでいるうちにムラムラしたりなんかして……（笑）。

池波　ハハハ……そうかな。こんな話があるよ。ある作家の奥さんがね、亭主がいい女やラブシーンを書くとみんな消しちゃったというんだ。これは困るよ、亭主の商売妨害だ。おかげで、その人の書くものには、色気が全然なくなっちゃったそうです（笑）。

志ん朝　へェー、さぞかし面白い小説だったんでしょうね……。でも、実感としてよくわかるなァ、その奥さんの気持ち。

池波　話は違うけど、ぼくは昔、新国劇の脚本書いてたから、あんたが前座でデビューした当時、本気であんたを入れようと思ったの。あの頃は、六代目菊五郎の若いときに似てたからね、あんたは。

志ん朝　オヤ、ハッハッハ。

池波　いや、お世辞で言ってるんじゃないんだよ。いまみたいに脂ぎってなかったからね（笑）。結局、うまくいかなかったけど、新国劇の後継者にしようと思って、ずいぶん、内密で相談したんだよ。

志ん朝　あらー、そうですか、初耳だ。それ聞いてたら、喜んですっ飛んでったのに、残念だなァ。

池波　うまくいかなかったのはね、辰巳、島田の両人ともまだ盛んなときだったからね、なかなかうんと言ってくれなかったんだ。あんたともう一人、何と言ったっけ、文学座をやめたいと言ってると耳にはさんだものでね。そう北村和夫、この二人を、愛する新国劇の将来のために育てたいと思ってた。
志ん朝　そうですか、へェー。あたしはもともと役者になりたかったんですよ。先代播磨屋の「俊寛」を見て感動して、絶対歌舞伎役者になるんだと思ってた。それと前後して、辰巳先生の「国定忠治」を見て、先生がまだすごく元気な頃だったから、パッと斬ってすッと花道へ引っ込むところがなんとも格好よく見えて、あ、これだ、とも思ったこともある。
池波　そう、それは残念だったね。ぼくは、ちょうど小説のほうへ早く移らなきゃと急いでいたために辰巳、島田の両人と衝突してけんかする羽目になっちゃった。もうちょっと気長にやれば、案外、あんたは新国劇の大看板になってたかもしれないな（笑）。
志ん朝　新国劇をおやりになってたせいかなァ、先生の小説ってのはすごく調子がいいんですよね。文章にも江戸前ってのがあるんですかね。そんなふうに思うんですよ。読んでると、つい声を出して読みたくなっちゃうような語感がね。
池波　芝居の脚本書いてたってことがやっぱり影響してるかもしれないね。あんたの前だけど、語るように書いてるからね、いまは。直木賞をとった直後の頃は、難しい言葉なんか使ったりしてたけど。そういうのは早く取れたほうがいいんだよ。それが取れないうちは、『鬼平』や『剣客商売』みたいなもの書いてもダメだったろうな。
志ん朝　そうでしょうね。『鬼平』なんか、なんか典型的にそんな感じがするもの。

池波　来年から、また『鬼平』をテレビでやるの。錦之介の鬼平でね。また出てくださいよ、木村忠吾役で……。

志ん朝　ええ、お話があれば喜んで出させていただきます。あたしも、映画やテレビ、芝居でいろんな役をやらせてもらったけど、一番愛してるんですよ、木村忠吾の役は。

池波　たしか、子供さんの名前に忠吾ってつけたんだったね。

志ん朝　ええ、その節はありがとうございました。ちょうど子供が生まれるころ、鬼平の映画撮ってましてね。女の子だったら志乃って名にしようと思ってたんですけど、男の子の名前がなかなか思いつかなくてね。なにしろ、あたしんちは、本名が美濃部っていう、旗本の末裔なもんですから……。

池波　それも、わりと大身の旗本でしょ。

志ん朝　ええ。だから侍めいた重い名をつけようと思って考えてた。あたしは強次、おやじは幸蔵ってんですが、兄貴は清といってちょっと寂しい名だ。かといって、達吉、亮吉みたいな粋な名前も似合わない（笑）。そんなところへ助監督さんがやってきて、「午後一番、忠吾さん出番ですよ」ってあたしを呼んだんですね。あ、これだと思って、早速先生にお電話して、名前をいただいたんですよ。

池波　それから加藤剛君が、『剣客商売』の秋山大治郎が持ち役で芝居やテレビに出てて、やはり子供ができて大治郎ってつけたはずだよ。

志ん朝　あ、そうすか。大治郎って名は強そうでいいな。うちの忠吾は、名前はいいんだけど、木村忠吾と同じで、女の子とばかり遊んでしようがない。おまけにものぐさでね（笑）。

池波　ハハハ、いいじゃありませんか。なかなか見込みあるよ。それは……（笑）。

想像にコンプレックスは持つな

志ん朝　ところで先生、お生まれはどちらでしたっけ。

池波　生まれたのは浅草の聖天町。聖天様の下でね。あのへんは震災で焼けちゃったから、育ったのは浅草の永住町ですね。

志ん朝　あ、そうですか。うちのおやじが貧乏なころ永住町に住んでたことあるそうですよ。『その男』のモデルになったようなおじいさんてのは、先生の若い時分には大勢いたんでしょ。

池波　いましたねえ。以前泥棒だったけど、刑期をつとめ上げてもう立派な人間になってた人なんかから、ずいぶんいろんな話を聞いたな。それに、ぼくは小学校しか出てないから、十三のとき、株屋の奉公に出てね。株屋の奉公っていえば、もう大人の世界だからね。大学出た人よりは十年は早く大人になった。

志ん朝　いろんな体験をなさった……。

池波　それもあるし、なによりいろんな人に会えたのがよかったんですね。秋山小兵衛のモデルになってる人とか……。そうじゃなかったら小説は書けなかったろうな。
志ん朝　株屋の時代から書き始めてたんですか。
池波　いや、当時は、芝居や映画ばかり見てた。取引所の後場が三時に終わると、ご飯食べてさっと出かける。
志ん朝　どんなものが好きだったんですウ？
池波　芝居では六代目（菊五郎）が好きでしたね。それと左団次、先々代の。映画ではやっぱり大河内伝次郎だね。どこから撮っても、すばらしい顔をしてましたよ、あの人は。二年ほど前に、大河内がやった『尊皇攘夷』って写真を再見する機会があったんだけど、大した役者ですよ。当時、二十八歳で井伊大老をやって、いかにも大老そのものに見えるんだから……。
志ん朝　へェ……。で、いつから書くようになったんです？
池波　兵隊から帰って、株屋に戻ろうと思ったんだが、マッカーサーの命令で取引所が三年ほど閉鎖されていてね。それでは好きな芝居でもやれればと、長谷川伸先生のところへ行った。子供の頃から先生を知ってましたからね。それで新国劇とつながりができた。
志ん朝　あ、なるほど。
池波　株屋にいた頃は、あなたのお父さんの噺を聞きに寄席にも行きましたがね、あのころの志ん生さんはまだ若くて、戦後の芸とは違って、ものすごい迫力と熱気があった。

志ん朝　そうらしいですね。あたしは若い頃のおやじは知らないんだけど、年を経るにつれてまた違う芸をこさえたという点では、すごく偉いなあと思うんですよ。普通は、一度昇りつめると、あとはただ下っていくんだろうけど……。もの書きさんの場合もそういうのあります？

池波　そりゃありますね。ものを書くにしろ、噺をするにしろ、その仕事を特殊な商売だと思うとダメになるんだよ。つまり、自家用車に乗ってその窓から外の景色を見るようになったらダメなんだ。とくに時代小説の場合、お大名から貧乏長屋の町人まで書かなきゃならないんだから、書く人間が豪壮な邸宅を構えちゃいけない。家というのは感覚的にその人の生活にすごく作用するからね。あんたもぼくも、平常は普通人の感覚でないといい仕事はできないよ。

志ん朝　そうですね。噺家が高級車乗り回したり豪邸に住んだりしたら、噺がつまんなくなるのは間違いない。その点、あたしの家なんか、ちっぽけなもんだし、おまけに借金で建ってる（笑）。

池波　それが正解なんですよ。

志ん朝　ぼくね、先生の小説読んでると、すごくわかるんですよね。他の人の小説、たとえば、同じ時代小説でも司馬遼太郎先生とはまったく違うような気がするんですよ。

池波　そりゃあ、それぞれ違いましょうね。

志ん朝　それとね、こういうことがあんですよ。たとえば噺の中に出てくる吉原なんてぼくら見たことないわけですよ。おやじなんかは知ってるだろうから、雰囲気が出せたかもしれないけど、結局、あたしらは想像でやるしかない。その想像の仕方ですよね、先生の小説の魅力は。先生だって、刀差してその時代に歩いていたわけじゃない……。

池波　そう、想像ということにコンプレックスを持っちゃいけないよ。これは絶対間違いない。おれが思ってる江戸なんだという信念を持って、ものを書くなり噺をするなりしないと自分のものにならないんだ。

志ん朝　なるほどねえ、自信を持っていいんだ。ところで先生、中山安兵衛ってお好きでしょう。

池波　好きですよ、小説も書いてる。

志ん朝　読んでますよ。それで、あたしも一層好きになったんです。

池波　『男の秘図』の初めのところ、安兵衛が出てきて、あそこはちょいといいでしょ。

志ん朝　想像の操作っていうのかなあ。安兵衛が戦ったあとで飯を食うところがあるでしょう。そのとき顔面にきらめくものがあって、それは刀を打ち合わせたとき飛んだ鉄粉がついて光るんだっていう……。ああいうことは想像なんですか、それとも実際にあり得ることですか。

池波　あり得るんだよ。ぼくは株屋の頃剣道もやっていたから、師範から聞いたんだけど、真剣で型をやるときでも、鉄片が額に突き刺さることがあるんだってね。

志ん朝　あれを初めて読んだときは、ものすごく新鮮な印象を受けましてね。話の展開そのものは忘れちゃうことがあるんですけど、そういうことはずっと覚えてんですよ。

池波　その話を聞いたときは、まだ小説なんか書く気はなかったから「へえー」なんて驚いただけですぐ忘れちゃってた。ところが、安兵衛を書いてるうちに、フッと思い出してね、使わせてもらったんです。若いころ聞いた話ってのは、忘れているようで明瞭に記憶してるもんですよ。いまは年だから記憶のほうはダメだけど。

志ん朝　あたしなんか読む立場にすれば何がナニしてどうなったということは、誰にでも書けるといってはナンだけど、いつまでも覚えちゃいませんよね。ところが、さっき言った女の人の体形とか、食べ物とか、それからいまの刀の鉄粉が額に突き刺さってきらりと光るなんてところは、えらくはっきり覚えてんですよ。あれがやっぱり、あたしらの芸にも非常に大切なんだと思うんです。人にガーンと強烈な印象を与えるような描写がね。

池波　そう、その通り。

志ん朝　それも、あたしの好みから言えば、うんと説明してじゃなく、一言ぐらいでトンというのが、これが「ヨウ、ヨウ」なんですよ。

池波　いま脂が乗りかかってるときだから面白いでしょう、高座に出てて。

志ん朝　いやァ、それこそ中性脂肪ばかりが乗ってるから……（笑）。

〔楽屋話〕

サンダルばきで杖をついていらっしゃる。痛風が出たんですって。予約を必要とするレストラン。さすが食通、すぐソムリエとシェフが現れる。相談の結果ワインと料理が決まる。それがキザでなくさり気ない。パキパキした口調、鬼平なんです。ところで痛風には蛸がいいんですよ。教えてあげればよかったなァ。痛風蛸買いな。

（1979）

日本語って、混乱してるようでも実に生命力に溢れている

池田弥三郎と

池田弥三郎（いけだ・やさぶろう）
一九一四年生まれ、八二年没。
国文学者、民俗学者。
『日本芸能伝承論』など。

「アバヨ」「ハイカラ」なんて言葉は消えちゃったね……

志ん朝　教育テレビでやってる先生の講座、ちょくちょく拝聴しております。
池田　あ、そうですか。ＮＨＫってのはね、けしからんですよ。教養に力を込めると言っときながら、なぜぼくの放送が朝の六時半と、再放送が夜の十一時半なんだろうね、ハハハ。
志ん朝　その再放送のほうなんですよ。
池田　あの時間に聴ける？
志ん朝　わりと聴いてたんですよ。
池田　だって、飲んでるんじゃないの？
志ん朝　ええ、飲みながら……。
池田　ほら、ごらんなさい（笑）。
志ん朝　アッハハ、失礼だったかな。でも大変面白かったし、よくわかりますよ。
池田　志ん朝さんぐらいには、わかってもらわなきゃ。わりと、わかりやすくやってるつもりなんだから。
志ん朝　しかし、テレビってのは、やっぱりわかりやすく、正しい言葉でやってもらいたいですよね。あたしらこういう商売のせいか、すごく気になんですよ、最近の言葉の乱れが……。
池田　うーん、しかし、言葉ってのはどんどん変わっていくからね。

志ん朝　あたしらも、上の人に教わった通りにやってるつもりなんだけど、やっぱり、昔とは変わっちゃった新しい言葉を何気なく使っちゃうんですね。

池田　だけど、お客のことも考えてやらなくちゃね。ぼくは大正の育ちだけど、その頃聞いた言葉で、いまはまったく消えちゃった言葉がたくさんあるもの。

志ん朝　そうでしょうね。

池田　たとえば「アバヨ」なんてのは、明治になって出来た言葉なんだろうけど、今の若い人なんか聞いたこともないだろうし。「ハイカラ」なんてのもそうだ。

志ん朝　うーん、そういやそうですね。

池田　だから噺でもね、少しは古い言葉と新しい言葉を差し替えないとね、お客に不親切ってことになるでしょ。

志ん朝　兼ね合いが難しいんですよ。極端に新しい言葉を使っても、違和感ばかりが目について、具合悪いんですよ。

池田　江戸の世界を舞台にとった噺なんかで、あんまり新しい言葉を使わしちゃおかしいけど、江戸っ子にそういう言葉を使わせて違和感を出すってのが、また面白い場合もあるでしょう？

志ん朝　それをねらいとしてやる場合はいいけど、普通にしゃべっててそういう言葉が出てきますとね……。

池田　そういや、こないだテレビで、あなたの『火事息子』を聴きました。大変面白かったんだけど、一つだけ気になったことがある。おしまいのほうで、酒屋の旦那だったかが火事見舞いに行く。「いま通ったのだれだい」「酒屋のお父さんだよ」って言ってた。お父さんはおかしいやね（笑）。

志ん朝　えっ、本当ですか。うっかり口をすべらしたのかもしれないけど、お恥ずかしいですな（苦笑）。

池田　「お父さん」って言葉はね、明治三十三年に出来た言葉なんだ。

志ん朝　あ、そうですか。

池田　文部省が、初めて国定教科書を作ったとき、子供が父親や母親を呼ぶ呼称を統一する必要に迫られて、「お父さん」「お母さん」て言葉を作った。それまで庶民は「とうちゃん」「かあちゃん」とか「おとっつぁん」「おっかさん」と千差万別だったからね。もっとも、学習院だけは、われわれは庶民じゃねえんだってのか「お父さま」「お母さま」を使ったんだけどね（笑）。

変わるのが言葉の運命なんだね！

志ん朝　アッハハ……しかし、先生なんか、いろんな方と話をされて、そういう言葉が気になってしょうがないでしょうね。ＮＨＫのアナウンサーなんかでも、妙なアクセントや訛りが出る人がいるもの。

池田　いやあ、アクセントはもう処置なしですね。東京と大阪ではまるで逆のがあるから。こないだテレビを見てたら、「善光寺のクリが焼けた」って言うんですよ。甘栗でも焼けたのかなと思ったら庫裏が焼けたんですよ。ところが関西のほうへ行くとお寺の台所は庫裏なんですよ。

志ん朝　アッハハ。

池田　それと天皇陛下の行かれる那須の御用邸ね。これを那須という人がいる。じゃ入江侍従長はキュウリの別宅に入ってんのかと言いたくなる（笑）。地名の那須と野菜のナスを混同してんだ。

志ん朝　あたしらなんかでも、わかんなくなっちゃうことありますよ、どっちが本当なんだろうかって（笑）。

池田　アクセントはともかくとして、私が気になってしようがないのは、「ハンカチ」なんだよ。戸板康二君や有吉佐和子さんまでが本の中で「ハンカチ」って書くようになっちゃったけど、あれ、元々は「ハンケチ」なんだよ。

志ん朝　あ、そうですか。あたしなんかも時々ハンケチって言うことありますけど、普通はハンカチですよ。

池田　多分、ハンカチーフっていう英語を知ってる人は、その省略だからハンカチで、下町の学問がねえのが訛ってハンケチって言うんだろうと思われてるけど、明治の初年に英語使った人たちは「ハンケルチフ」って言ってるんだ。だから、坪内逍遥、鷗外、漱石、露伴、荷風……みんな「ハンケチ」ですよ。もちろん徳冨蘆花もね、「ハンケチ振り振り、ねえ、あなた」でしょ……(笑)。

志ん朝　なるほど、ハンカチ振り振りじゃ、気分出ないや、ハハハ。

池田　だからね、明治・大正育ちの人間が「ハンケチ」で、昭和生まれが「ハンカチ」使うとね、ぼくらなんか、はっきり時代の差を感じるね。

志ん朝　なるほどね、やっぱり言葉っていうのは自然に変わっちゃうんですかね。

池田　それはもうどんどん変わりますから、変わるのが言葉の運命なんだね。

志ん朝　そうですねェ。噺のほうでも本当に困りますよ。「へっつい」なんて言葉がわからなくなっちゃったし、『火焔太鼓』のオチで「おじゃんになる」ってのも知らない人が多くなった。

池田　ああ「おじゃん」も、そうかね。「おじゃん」の「じゃん」は半鐘のジャンと鳴る音に掛けてあるんだろ。

志ん朝　そうなんですけど、いまどき半鐘なんて見かけなくなったし、おじゃんになるなんて言葉を使わなくなりましたでしょ。

池田　しかし、それがわかんないと噺のオチになんない。やりにくいだろうな。

志ん朝　たとえば「ドキッとした」なんて言葉はいつからあるんですか。

池田　さあ……。「どきつく」というのはかなり古くからあるし、そういう擬声語は古いんじゃないの。ドキンとするとか……。

志ん朝　「がっかり」ってのはどうです。こないだ、フッと使いたくなったんだけど、考えて躊躇してよしちゃいました。

池田　大丈夫ですよ。「り」のつく言葉は非常に古くからあるから。たとえば、「ほんのり」「ひんやり」「どっさり」……。

志ん朝　あ、そうですか、安心した。

池田　その「り」がいま「し」に変わりつつあんのね。「ぴったり」を「ぴったし」とか、「そのかわり」が「そんかし」とか……そういうのが最近の流行語みたいなんだね。

ほとんど理屈に合わないのが格言

志ん朝　前にちょっと聞いたことあんですけど、ＮＨＫには、そういう新しい言葉を使うか使わないかを決定する機関があるんですって？

池田　用語委員会ね。ぼくはもう二十何年委員やってる。ぼくの考えではね、ＮＨＫのニュースってのは、できるだけ古い言葉を用心して使ったほうがいいですよ。あんまり流行の先端をいくと下品になる。たとえば、最近使い分けてる言葉で「オープン」って言葉ね。いまの若い人には何の抵抗もないかもしれないけど、博物館とか美術館とか、多少クラシックな感じを持ってる場合には、「オープン」より「開館」といったほうがいいわけ。ところが、「ディズニーランドがオープンしました」っていうと、いかにも現代的な感じがするしね……。

志ん朝　ええ、ピタッときますね。

池田　ぴったしでしょ（笑）。変化を拒否するわけにはいかないけど、いちばん流行遅れにしろって言ってるんですよ。あんまり遅れすぎても困るけど（笑）。

志ん朝　しかし、世界の言葉も、日本語みたいにどんどん変化してんですかね。あたしはドイツ語をかじってんですけど、これほど変化は感じませんね。

池田　フランス語とかドイツ語はね、半分死んだ言葉なんですよ。日本語ってのは、一見混乱してるように見えるけど、実に貪欲で生き生きしてるし、いちばん生命力に溢れてるんじゃないかな。

志ん朝　それはやっぱり、日本人のバイタリティーの表れなんですかね。

池田　そう思いますね。

志ん朝　思わず感情が高ぶってきたりすると、なんか新しい言葉がパーッと出てきちゃったりすることがありますよね。

池田　あるね。最も単純にすると名詞だけ並べて、それで何となくわかっちゃったりね。たとえば「横浜、たそがれ、ホテルの小部屋……」なんて。これなんか、「目には青葉　山ほ

ととぎす　初鰹」と同じで、それがどうしたと言いたくなるけど、材料だけ並べておいて、勝手にあとは考えろって謎みたいなもんですよね（笑）。そこまで言葉を活躍させてんだから、日本語ってのは大したものだと思いますよ。

志ん朝　それから格言みたいなもの、あれなんかも面白いですねェ、理にかなったものもあるし、全然わかんないような不思議なのもある……。

池田　いや、理屈に合わないのがほとんどじゃないの。ご飯たべてすぐ寝ると牛になるっての、あれなんか、ご飯たべてじっとしてるほうが消化にはいいんだろうが、牛みたいだから行儀が悪いってんでしょ。理屈に合わないものね。

志ん朝　うちの祖父がよく言ってたのは「ソバ食ってすぐ湯に入ると、ソバが立つからいけねェ」ってのがあるんですけど、これなんかもよくわかんないですね。

池田　ハッハハ、どういうんだろ、それ。だけど、そういうのを色々こじつけて教訓めかして解説するのが面白いね。例の棚からぼた餅。棚からぼた餅が落っこちてくりゃ、こんなうまい話はないんだけど、いつまでもなんかいい事があるだろうと待っててはいけない、あれは、多難から牡丹餅なんだから気をつけろってことだなんていうのがある。

志ん朝　あ、そうですか。

池田　「人」って字ね。人ってのは一本棒があって、それにつっかい棒があるだろ、だから、喧嘩ばかりしてないで、友だちを大事にしろよ、なんて解釈もなかなかうまい説明だと思いますよねェ。

志ん朝　そういうわけもわからないような言葉でも、なんとなく教育的な意味をもって、昔の人には聞こえたんだろうな。

池田　もう一つ、今でもよく覚えてんのが「腹も身のうち」って言葉。子供の頃に、路地裏の駄菓子屋なんかでアンコ玉を買い食いしたんだけど、一つ二つ食べて、もう一つ買おうとすると、そこのおかみさんが「腹も身のうち」だよっていって売ってくれないんだな。これなんかも、なんかよくわかんないけど、それでも叱られたような気がするからおかしい。

志ん朝　ハハハ、なるほどねェ。

池田　昔、昭和十三、四年頃かなァ、馬風って噺家がいたでしょ。これがおかしな男でね、高座で「腹も身のうち」の噺してて、「なかなかあれ面白れぇな、魔羅も身のうちだな」とかなんとか言って、大受けしてた（笑）。

志ん朝　アッハハ、たしかにそうだ。

女房の呼び名は八十もあるんです

池田　こないだそういう小咄を作ったんだよ。例の神野寺の虎が逃げて雌は射殺されたけど雄がなかなか見つかんなかったでしょ。で、あれはつかまんないよ、どうして？　去勢してあんだよ、えっ、だからトラまらないって……。

志ん朝　アッハハ、これは使えますよ、そのまんま、ハッハ。

池田　しかし、こんな話ばかりでいいの、今日は（笑）。

志ん朝　いいんですよ、別段改まった話ばかりでなくても、大変勉強になります。しかし、ほんと日本語ってのは面白いもんですねェ。

池田　以前ね、女房の呼び名がいくつあるもんか調べてみたんですよ。そうしたら八十ぐらい集まった……。

志ん朝　えっ、女房っていうと、妻、細君、家内のことですか。

池田　そう、普通思いつくだけでも十近くはすぐ上がるでしょう。あらゆる階級、あらゆる地方の呼び方を集めたら八十くらいすぐ集まる。天皇陛下の場合は、「皇后」だけど、ま、「妃」とも言うし。畳屋さんだと「巾《はば》」っていうんだ……。

志ん朝　え、どういう意味なんですかね。

池田　「長さ」が亭主でね。亭主は「うちの巾《はば》がねえ」なんて言うんですよ。ほかに「かみさん」「奥様」「北の方」「北の政所」とかね。英語じゃ「ワイフ」一つしかないのに、なぜ日本人は女房を意味する言葉を八十も使い分けるんだろう。だから中ピ連が威張ったときにね、それを一つの言葉に統一してこいと言ったんですよ、ぼくは。相手はいやな顔してましたけどね（笑）。

志ん朝　アッハハ、勇気がありますねェ。

池田　アメリカで「ミズ」って言葉が出来たでしょ。亭主持ちの「ミセス」と亭主を持たない「ミス」とを区別するのは差別だってんで……。そうしたら、純正なるミスが反対してもめてるらしい。だからね、ぼくは言ってやったんだよ、「ミズはいかんよ。そんなものいっぺんに使わせようってのは、向こう見ずだ」とね（笑）。

志ん朝　アッハハ。しかし、よくそんだけしゃれがポンポン飛び出しますねェ、学校の先生なんかやめて噺家になったらいかがです？

池田　逆にね、女房が亭主のこと何て言うか、これもずいぶんありますよ。

志ん朝　あ、そうでしょうね。

池田　あたしが嫁をもらったとき、下町の女でしたから、いろいろ考えて「宿」って言えって言った。「うちの宿が……」って。そうしたら、そんなこと言えねェって言いやがった。で、名前を言うんだけど、あれ、あんまりよくないねえ、あたしの友だちに、あたしのこと言うときに、「うちの池田が……」って。

志ん朝　はあ、はあ、よくありますね。

池田　「妻はおい、夫はもしという名なり」って川柳知ってる？　夫が妻を呼ぶ場合に「おい」、女房のほうは「もし」って言うから、妻の名前が「おい」で、亭主の名前は「もし」だってわけ、面白いねェ。

志ん朝　あ、それは聞いたことありますよ。

池田　もう一つ下卑たの出しましょうか川柳で。「屁ならまだいいがおならの気の毒さ」。これは女の言葉を説明するのに、こんないい例はないの。屁ってのは男言葉で、おならは女言葉、「お」がついてるから（笑）。だから、男が屁をする分にはまだいいが、女の人がうっかりおならをもらした場合は、いたたまれない気の毒さというわけ。川柳ってのは実に面白いことというね。

日本語ってのは不思議だよねえ

志ん朝　あたしら噺家仲間でも川柳の好きなのがいてよく作ってんですよ。うちの親父が作ったんで、いまでもみんなが感心してんのに、たしか「ノミ」って題だったんですが、「ノミの子は親のかたきと爪を見る」ってのがありました。なんかノミの子供の顔が想像できるんですね、爪見てると（笑）。

池田　ウッフフ、うまいね。

志ん朝　そん時、俳句でいえば宗匠ってんですか、指導してくれる川柳家の先生が「いやあ、こういうのは私たちには出来ない。これは噺家さんでないと出来ないね、ハァー」とえらく感心していなさった。

池田　川柳ってのはね、面白いやつたくさん覚えとくと、たくさんしゃべんなきゃなんないことが、ひとつですんじゃうことがありますね。

志ん朝　あります。結局、噺っていうのは、言うべきことをかいつまんで無駄なくポンポン言わなきゃなんないんだから、川柳をやってると大変勉強になるんだ、なんてことも言われました。

池田　昔の人……京伝なんかだと思うんだけど、「百人一首」を片っ端から川柳にしてんのがあるんですよ。ほとんど忘れちゃいましたけど、僧正遍照の「天つ風雲の通ひ路吹きとぢよをとめの姿しばしとどめむ」というのを、川柳はね「遍照は女に何の用がある」って言う（笑）。

志ん朝　ああ（笑）。

池田　坊主のくせにね、女をとどめよとは何事であるかって……おかしくってねェ、これだけは覚えてる。昔は暇だったんだね。「百人一首」をみんなそうやって川柳にしちゃったんだから。

志ん朝　そういう遊びというのは、方々の社会でやってたんでしょうね。最近はその遊びがないんで殺伐としちゃう。

池田　「急がずば濡れざらましを旅人のあとより晴るるのちの村雨」、きれいですよね。これを「本降りになって出て行く雨宿り」ってやっちゃう（笑）。ぼくはこういうのがおかしくてしようがない。世の中のことは、必ず表裏があるんだってことも教えてるわけでしょう。

志ん朝　ほんとに川柳というのはね、うなるようなのがありますね。

池田　さっきの「おなら」で思い出したけど、「お」の字ってのも面白いね。「おにぎり」の「お」をとると「にぎり」でしょ。ちらしとにぎり（すし）の「にぎり」で、「おにぎり」とは意味が変わる。

志ん朝　なるほど。

池田　「お冷」もそう。「お冷一杯」っていうと水がくるけど、「冷一杯」っていうと酒がくるでしょ。

志ん朝　はあ、はあ。

池田　夜眠れないときなんか、一生懸命「お」のつく言葉考えて「お」を取るの。意味が変わる言葉がずいぶんあるね。「おしゃれ」と「しゃれ」とか、「おしぼり」と「しぼり」、「おしろい」と「しろい」とかね。「かま」と「おかま」も、ね（笑）。

志ん朝　ハハハ、あるもんですねえ、へェー。

池田　だからね、日本人というか、日本語ってのは不思議なもんだと思うの。こんな話してたらきりがないや（笑）。

志ん朝　ほんとに、言葉ってのは面白いもんで、そんだけにむずかしくもありますね。

〔楽屋話〕

大学の教授というより、昔の日本橋界隈の商家の旦那という感じです。藪入りの時に小僧やおさんどんにたっぷり小遣いを持たして帰してやる、そんな旦那です。顔と声が江戸前です。ことに声がそうです。常磐津や清元に合うでしょう。

どうしても商売柄、言葉の話になってしまいました。読者諸兄のことを考えず、申し訳なく思ってます。お許しください。大旦那もよろしく申してました。

（1979）

世の中ついでに生きてたい

結城昌治と

結城昌治（ゆうき・しょうじ）
一九二七年生まれ、九六年没。
作家。
『志ん生一代』『ゴメスの名はゴメス』など。

稽古がいやでしようがない

結城　きょねんの暮れでしたか、テレビに出て、稽古がいやでしようがない、っていってましたね。
志ん朝　ええ。
結城　それを聞いたときに、ま、楽な商売なんてないんで、こんな言い方をしちゃ失礼だけど、稽古がいやでしようがないってことは、いよいよ本物になってきたんだな、と思った。
志ん朝　うーん……。
結城　もっとも、志ん朝さんの場合は、最初《はな》っから噺《はなし》が好きだったわけじゃなくて、お父さん（志ん生）に口説かれたって聞いてますが。
志ん朝　そうなんです。ちっちゃい子が、なんか踊りでも習わされて、おさらいに出されたような、そんな感じですね。まあ、やっぱり親の商売って、だれでも、あんまり好きじゃないんですなあ。
結城　いい商売だなあ、とは思わなかった。
志ん朝　思わなかったんですよ。ああいう商売がいい商売だな、と思うのは、おとなの了見《りようけん》になってはじめて思うわけでして、まだうんと若い時分は、そういうこと考えないですよ。落語なんかもう頽廃的でね、もっと建設的なほうが……みたいな感じでしたよ。

結城　もっと堅気な職業に就きたいと。

志ん朝　うん。ただ、こと芸能に関しては、ちいさいころから、家庭環境からきたもんでしょうかね、ま、好きではあったんですね。月に一ぺんぐらいは、かならずといっていいほど、芝居を観に連れてかれた。歌舞伎なんて観てても、わかんないんですよ。おもしろくもなんともないと思ってるけど、雰囲気自体はやっぱり好きだったですね。チョーンという柝《き》の音だとか、幕がぱらっと落ちるとか、すごく耳ざわりのいい台詞《せりふ》だとかね。それから、これも月に一ぺんぐらい、おやじのあとをくっついて寄席へ行って、じっと観てるとか、だいたい好きではあったんです。でも、落語ってのは、やっぱり子どものもんじゃないですね。ものによっては、おかしくてしようがないものもありますけど、いつも、役者になりたいという気持ちが、ものすごくあったですね。それで、中学から高校にかけては、自分でお金を出して、芝居観に行きましたよ。そうすると、ことに歌舞伎なんかに憧れて、歌舞伎の役者になりたくなる。それが駄目なら、新国劇に入りたいとか、やれ大阪へ行って、新喜劇の役者になるんだ、とかね。

結城　入門したのが昭和三十二年、十九歳ですね。

志ん朝　ええ。落語やれっていわれたとき、もう、いやでいやでしようがなかったですよ。だけど、おやじがこんこんと説得する。自分がなりたいってやつを、全部、駄目だっていうわけでしょ。まず歌舞伎は家柄がなくちゃ、絶対に駄目だ。なったって無駄だよって。新国劇は、辰巳（柳太郎）先生がうんと元気な時分に「国定忠治」なんかの立ちまわりを観て、うーんて感動して、これになろうと思った。ところが、あれはケガするからって、おふくろが止めんですね（笑）。新喜劇は、大阪の人間じゃなきゃ入れないんだとかって、そういうことばっかりいわれて、こんなになって（手を額にあてる）、考えこんじゃった。それでも、なんか芝居をやりたい。まだ、遊びたい気もありますしね。修業なんてえのはいやだったから。

結城　結局、高校をでてから一年浪人している間に……。

志ん朝　そう。いろいろ考えて、じゃ、よし日大の芸術科に行こうって、願書までもらいに行ったですからね。あすこの演劇科みたいなところでやってれば、なんとか喰らいついていけるかな、と思って……そしたら、当時は、あすこは試験がおそいんで、そのうちに口説き落されて、ま、ちょっとやってみるか、みたいな調子でなっちゃった。

結城　お父さんの貧乏時代の話は、知ってたわけですね。

志ん朝　ええ。たとえば文楽師匠が「噺家ってえのは、いい商売でげすよ」ってなことをよくいってたけど、いい商売だってのがわかんない。おやじの話なんか聞いてると、さんざん苦労してるわけでしょ。ぼく、いま、自分の子どもを落語家にしようとは思わないですよ。それをなんで、おやじはあんなに口説いたのか、いまだにわかんない。「とにかく、噺家はいいんだから。おまえ、役者んなる？　芝居には大道具があって、小道具があって、鳴りものもあるし、それに相手の人がいて、自分ひとりじゃできない。噺は、おまえ、ぜんぶ自分ひとりでできんだから」ってなことをいって、「扇子一本、手拭がひとつありゃいいんだから」って、そればっかり……自分が苦労した商売なのに、なんでだろうと思いましたね。で、まあ、ずるずるっと噺家になっちゃって、だから、ずいぶん長い間、ほかの商売に変わりたいなあって……。

結城　三十七年に真打ちになっているんですが、そのころもまだ……。

志ん朝　まだまだ。なんかチャンスがあったら、ほかの商売に、と思ってた（笑）。自分から一所懸命、やるようになったのは、七、八年ぐらい前からじゃないですか。

結城　でも、いまでも稽古がいやだって、どこがいやなのかな。

志ん朝　どこがいやって、ねえ……。

結城　好きこそ物の上手なれ、ってこともあるでしょう。

志ん朝　やっぱりね、芸事はあくまで自分でやるより、人のやんのをみてたりなんかしたほうがいいな、といまだに思っちゃうんです。だから、ぼくは人の高座は楽しいですよ。前座の噺でも、大看板の人の噺でも、それなりに楽しんで聴ける。こと自分がやるとなると……。

結城　志ん朝さんは、五代目志ん生というおやじさんの看板が大きかったから、ここへくるまでに、プラスとマイナス両方あったと思うんですよ。

志ん朝　それは両方、感じる……。

結城　現在も感じてますか。

志ん朝　うん。ひとつ、いいほうはね、ああいうおやじの倅に生まれて、まずよかったということ。親を尊敬できるし、しじゅう接してたから、ほかの人とは、おれ、ちがうよという気持ちがあった。おやじの場合、帰ってくりゃあ、きまって毎晩、さしみで一杯飲んで、飯を食う。ぼくなんかも、そばにいて話を聞くわけでしょ。一種のおやじの独演会ですね。兄貴（金原亭馬生）がそこにいて、おやじと二人で芸談はじめることもある。これを、しょっちゅう聞いていた。聞けた、ということですね。それが非常にプラスだって、はっきり自分でもいえるぐらいに、身についているつもりですけどね。もう一つのほうは、やっぱり、これから生涯、うちのおやじとの闘いみたいな感じがする。ぼくが一所懸命やって、はあー、なんとかきょうはうまくできた、と思ってっと、「やあ、懐しかったなあ。お父さんを思い出したよ」なんてことで、つねにつきまとうわけですね。と、（うんざりしたようすで）……「おやじ、もういいよ」って。

結城　でもね、いまの志ん朝さんはお父さんとちがってきてますよ。

志ん朝　まあ、そらあ自然に……自分で離れよう離れようとしていた時期もあったし、いまは、おれはおれでやってれば、当然、ちがうんだろうと思ってますのでね。ただ、どうしてもかなわない部分がいっぱいある。

結城　それは歳だと思やいいんじゃないの？

志ん朝　みんな、そういうふうにいってくれるんですけども……。

結城　志ん朝さんの歳のころ、まだお父さんは業平橋の「なめくじ長屋」時代で、売れてませんでしたね。

志ん朝　でも、地味だけど、うまかったんだそうですね。とにかく昔の芸人っていうのは強いですよ。長い間ほんとうに苦労して、からだでおぼえてきている芸ですからね。これは強いですよ。ことに、ぼくなんかは雑草のごとくじゃないからね。

結城　いま、お父さんにここはかなわないってところ、はっきりありますか。

志ん朝　もとをいえば、人生経験でしょうな。そっちからきているおかしさね。自分が体験している、その辛かった貧乏時代のなかから引っ張り出してきたくすぐりなんてのが、いっぱいあるわけですよ。たとえば『氏子中』で「普請《ふしん》なんぞしなくてもいいから、電気の球でも買いやがれ」なんてえのね。あれは、ぼくらがやっても、おかしくもなんともないですよ。

結城　あれはほんとうに生活感が表われている。

志ん朝　電球が切れちゃうと、買えなかったんですよね。だから、どっかのうちのあかりで間に合わせんでしょ。手探りで、うちのなかにいるというような。いま、そんな暮らししてたら死んじゃいますよ。そこらへんが、まず、かなわないのと、それから、なんともいえない、あのおかしさね。これだけは、どうしてもかなわない。ただ、しゃべるだけのことだったら、ぼくも、あの歳になれば、なんとかなると思うし、遜色なくいけそうな気はしますね。

だけども、落語って、それだけじゃない部分のほうが多いですからね。

結城　亡くなった文楽さんとか、圓生さんなどの影響はどうですか。

志ん朝　いちばん大きいのは文楽師匠ですね。あの几帳面な感じ。それとあの明るさ。それから、言葉の選択。とにかく一席の噺をやるのに、何年もかけて、原稿にしてやってみて、ここがまずいっつって書き直し、そいでつくりあげるわけですからね。それだけに、いろいろ探してきて、その時代に合ったいい言葉をずいぶん……なんかこう、うれしくなるような言葉が、あの師匠の噺のなかには出てきますでしょ。

結城　ええ。

志ん朝　そういうところは、うちのおやじにないところだから、聴いてて、よけい「いいな」って思っちゃう。「落語はそんな几帳面じゃないほうがいいんだよ。おまえんとこのおやじのほうがいいんだよ」という方、多いですけども、やっぱり、出てきてパーッと高座が明るくなって、それでいながら、きちーんとやってらして、そいでおかしい。それともう一つは、黒門町の師匠特有の、あのくささですね。芝居でもなんでもそうなんだけど、ぼくは、くさい人って好きなんです。

結城　まあ、そのくさいところが芸人の個性だろうけど。

志ん朝　ええ。でも、うちのおやじの個性ってえのは、くさいっていうより、なんだか、ただ個性っていう言葉になっちゃって、くさいとはあんまりいわれないんですね。文楽師匠の場合、たしかにくさい。あれが、ぼくはたまんなく好きだったですね。あとは最近、ことに金馬師匠です。
結城　先代のね。
志ん朝　若いころは、あんまり感じなかったんですよ。ところが、いまんなって考えると『清書無筆《せいしよむひつ》』だとか『道灌《どうかん》』だとか、短い噺であんだけ受けさせるのは、すごいと思う。大きなネタで感心させるんじゃないんですもの。それと、あの口調のよさ。まあ、くささもありますけどね。
結城　くさいですね。嫌いな人はあれが嫌いだといいますが、先代の柳好さんはどうですか。
志ん朝　ぼくが噺家になったときには、柳好師匠は、もういらっしゃらなかったから。その前に、聴いてはいるんですよ。おもしろくて楽しかったですけどねえ。
結城　ぼくは志ん朝さんの高座に、文楽さんの明るさよりも、柳好さんの明るさを感じますがね。
志ん朝　あ、そうですかね。やっぱり、明るくなきゃいけないと思うんですよ。
結城　出てきた途端に、ぱあーっと明るくなるんです。
志ん朝　芸人っていうのは、明るくなきゃいけないですね。ぼく自身は、明るくしようなんて思って、にこにこ笑いながら出てったことないんですけども……。
結城　いや、顔見ただけで、こっちは明るくなる。で、いい気持ちで外へ出て、帰りに一杯飲もうって気になるんです。

志ん朝　ああ、恐れ入ります。

結城　そうじゃないとねえ、帰りに飲む酒がまずくなるというより、飲む気がしなくなってしまう。だから、いくらトリでも気に入らなかったら、急いで出てきちゃいます。

志ん朝　うーん……。

ホール落語と寄席

結城　圓生さんについてはどうですか。例の騒ぎ（落語協会の分裂）のことじゃなくて、志ん朝さんが受けた芸の影響を話してもらいたいんですけど。

志ん朝　ぼくは、あの騒ぎを起こしたこと自体、けっして後悔はしてないんですよ。圓生師匠から、これからさき学ぼうと思うことがいっぱいあったわけですね。

結城　それをもうちょと具体的に聞きたいんです。

志ん朝　うん。あの師匠はレコードもたくさん出してらっしゃるし、『圓生全集』なんて本もありますよね。ところが、芸っていうのは、典型的なのが歌舞伎ですけども、人から人へ伝承していくところに価値がある、と、ぼくは思ってんですね。そのほうが楽なんです。いちばん最初の人は苦労して、工夫して、一つ一つ型をつくるわけでしょ。その次の人が教わって、次の人がまたやっていく。

結城　それで圓生さんから……。
志ん朝　ええ、やっぱりとりたかったんです。
結城　あのゴタゴタは抜きにして……。
志ん朝　いや、それは抜きにできないことなんです。一つには、それがあったから、くっついていったんです。
結城　つまり、テープとか速記本なんかじゃ、とうてい得られないものがあったわけですか。
志ん朝　もちろん、そうです。
結城　そばについていなきゃね。
志ん朝　ええ、ですから、圓生師匠が亡くなったときの、そのショックったらなかったです。「ああ、しまったあ！」という……。
結城　大切な人が……。
志ん朝　もっと現実的にね、「いけねえ！　もっと早くに教わらなきゃいけなかった」っていう、そんなことばっかり。（後ろへのけぞって）ああ、おれ、これからどうしよう、と思ったですねえ。ていうのが、こんだ自分がいちばん最初の人でやらなきゃなんないわけですよ。これは、たいへんですよ。自分たちが知らないで、これでいいんだと思ってやってる場合もありますしね。そうなると、お歳を召した方で、それも芸に詳しい方が、長く残ってくんないと困るわけですね。

結城　圓生さんのどんなところが、いちばん魅力だったんですか。

志ん朝　そらぁ、文楽、志ん生の二人のほうが、ぼくは聴いてて、はるかに楽しかった。でも、ぼくが噺家になって、圓生師匠がわーっとなったときには、あの几帳面さにびっくりするわけです。こらまた、さらにきちっとした方だったからね。あ、こういうふうにしゃべれなきゃいけないな、と。しゃべる職業なんだから、という意識でみてましたね。だから、楽しんだというよりは、つねに勉強っていう気持ちで聴いちゃったかもしれません。いま、亡くなられてみると、やっぱりホール落語なんか、ほうぼうで弱ってんじゃないですか。おれは圓生は嫌いだっていう人がいたにしても、ああいう方が、一人だーんといるから、（両手を大きく広げて）形になっていたんだと思いますね。

結城　たしかに大きな看板でしたね。それで、いまホール落語の話が出たから、そっちへ話を移しますが、ホール落語の功罪ってものが、はっきりしてきたんじゃないかと思うんですよ。

志ん朝　ああ、功罪ね。うん、そうですね。ぼくはほんというと、やっぱり寄席がいちばん好きですね。

結城　たとえば東横でも紀伊國屋でも、あるいは国立劇場でも、いっぱいのお客集めて、きちんとした芸を聴かせてくれるわけですけど、寄席のほうは、はとバスが来なきゃ、なかなかいっぱいにならない。ぼくは、わりあい行ってるほうなんですが、ホール落語へ行く人たちが、なぜ寄席へ来ないのかと思う。ぼくは、いまでも寄席のほうがおもしろいな。売れない芸人が、マクラでぼそぼそボヤいているのもおもしろい。あいだに漫才が入り、音曲が入る。これもおもしろい。

志ん朝 ぼくも好きですよ。

結城 だから、落語は文庫本がベストセラーになったりしてブームかもしれないけれど、寄席ブームじゃないんですね。どうして、落語ブームが寄席に結びつかないのか……。いま、寄席らしい寄席ったら、上野と新宿しかないでしょ。浅草はすっかりさびれちゃってますからねえ。……なんかホール落語の客は勉強しにきてるみたいな感じが出てきてますね。

志ん朝 芸人のほうも、みんなそういうふうになってきているし……。

結城 なんかまちがってんじゃないか、っていう気がする。

志ん朝 うーん、ぼくなんか、もうちょっとおやじのようになるといいんだけど……。

結城 落語なんて、そんなふうに聴くものじゃないと思う。テレビやラジオはかまわないけど、寄席はうっかり娘なんかと一緒に来るところじゃない、というとこがなきゃ、もっとも落語らしいとこが死んじゃうだろうと思うんです。

志ん朝 その点で、圓生師匠と意見が喰いちがったことがあるんですよ。あの師匠はレコーディングするんでも、客のいないとこでやる。変な客がいると、あたしにはできないからというんですね。そうすると、寄席も酔っぱらいが入ってきたりするからっていうんで、あたしはあんまりやりたくない、と。主にホール落語になるしかない。ああいう性格の方でしたから。ホール落語は、聴こう、聴いてやろうという客ですよね。寄席のほうは、酔っぱらいもいる、落語よりか漫才のほうが好きなお客もいる。ぼくは、そんななかで、なんとか喰いつこうとするほうが、自分のためになる、という気があるんですよ。寄席でやってるときがいちばん楽しいですね。ホール落語で、しーんとされたりしちゃうと、なんでこんなに冷ややかなんだろう、っていう気分になっちゃう。

結城　芸人を育てるのは客であるけれども、客を育てるのも芸人なんでね。

志ん朝　そりゃ、そうでしょうね。

結城　両々相まってるわけですよ。客が駄目なら、芸人だって、やっぱり伸びない。だから、いい客のいるところで、力いっぱいやってもらいたい。その場所は寄席しかない、ってぼくは思うんですよ。やや理想論ですけどね。

志ん朝　うん、やっぱり寄席が一番ですなあ。

結城　それを聞いて、安心したところで（笑）、また話を戻しますが、いずれは六代目志ん生を継ぐことになるわけでしょう。だいたいの見通しは立っているんですか。

志ん朝　ぜんぜん立ってないです。

結城　わたしなんかは、早く六代目志ん生を見たい、という気持ちがあるんだな。

志ん朝　うーん、いま、ぼくの考えは逆なんですね。一つには、おやじに対する反撥というか、悔しいみたいなね、「なーに、志ん生を継がなくたっていいんだ。おれは志ん朝なんだ」っていうところが、事実、あるんですよ。

結城　でも、先代よりいいじゃないか、っていわせたいじゃない。

志ん朝　いやいや、それに、ぼくは志ん朝っていう名前、好きで愛着がありますしねえ。やっぱり芸人っていうのは、若いほうがいいんだな。志ん生を継いだとたんに、どーんと老けこんだらいやだな、という気もするんですよね。

結城　じゃあ、それはそれとしてね、十年後はちょっと早いんで、ま、二十年後っていうと、ぼくは生きてなくて残念なんだけど……。

志ん朝　また、そんなことを（笑）。

ぞろっぺえはむずかしい

結城　とにかく、二十年たったら、おれはこれくらいの芸人になっていよう、というような目標はありますか。

志ん朝　望みはみんなあるんでしょうけど……どういったらいいのかなあ。

結城　たとえばね、お父さんの言葉で、ぼくが好きなのは「ついでに生きてる」っていうのね。なんの〝ついで〟かわかんないんだけれども、ぼく自身も「ついでに生きてる」ような感じがするんですよ。それが、志ん朝さんはなんの〝ついで〟かが、わりあいはっきりしてるんじゃないの？

志ん朝　うーん……こんなふうな噺家になりたいということになりますとね、やっぱり「ついでに生きてる」というおやじの名言みたいになりたいんですがねえ。

結城　ぼくは大好きな言葉でね。

志ん朝　早くそうなりたいと思いますよ。「たかが噺家じゃないか、おまえ、だから気にすることないよ。落ちぶれたって、たかが噺家だよ。大きな会社の社長が乞食になるんじゃない。噺家なんだから、おまえ、出世したって噺家だし、落ちぶれたって噺家だ」——こうなるわけですよ。

結城　うん、それでいいんだよねえ。

志ん朝　ひところ、ぼくがたいへん悩んでいるときに、おやじのその言葉を聞いて、ああ、そうだなあ、じゃ、そんなに気にすることないなと思ったりしたんですね。いま、いけないのは……そんなこといっちゃ、おこられるかもしれないけど、いちばん困るのは（仰向いて）期待っていうやつなんですよ。他人が期待するなんて、もう〝たかが噺家じゃないか〟ではなくなっちゃうんですね。

結城　（微笑して）べつにヨイショするわけじゃないけれど、ぼくは、すでに志ん朝さんは名人だと思ってるんですよ。迷惑を承知で言わせてもらうとね（笑）。

志ん朝　また、そういう……それがいちばん困る。それで、からだ悪くすんの。

結城　でも、それぞれの時代に名人っていたわけでしょう。死んでから、あの人は名人だった、ってなもんじゃなくて。名人だと思うひとがいないと客としておもしろくないんです。だから、十年後、二十年後の六代目を襲名した志ん朝さんが、どういう噺家になっているか、それを想像するのも楽しいんだね。

志ん朝　やっぱり最終目的は「世の中、ついでに生きてる」というような、たかが噺家というとこね、そう思うところに早く行きたいわけですよ。

結城　まだ苦労ですか。

志ん朝　まだ、そらあ……いや、落語はそんなにやさしいもんじゃない、っていう意味でいってるんじゃないんですよ。

結城　志ん朝さんは、ずぼらになろうとしても、性分でなれないでしょう。そういう点は辛いかもしれない。

志ん朝　なれないですなあ。ぼくのおやじなんか、朝からきゅーっと飲んで、ご飯をちょっと食べて、「きょうはどこ？　うん、なにやんだ、ああ、そうか」なんてことといって、わりに大きなネタでも、平気な顔してね。それで無器用な手つきで煙草入れなんか夢中で直したりして、仕事に出かけていく。なにげなく、高座をパーッとやる。そら、たいへん一所懸命やってんだろうけど、なにげないんだね。で、帰りに「おーい、一緒においで」ってなこといって、若いのをつれて飲みに行く。夜、帰ってくる——こんなふうに、まずなりたいと思いますよ（笑）。

結城　それが最高かもしれない。

志ん朝　いま現実に、ぼくの場合は、きょうなんとかホールでなになにをやる……もう一週間ぐらい前からおかしくなってる。わけがわかんなくなって、ほかのことが手につかない。それで、きっと前の晩も稽古するんでしょうな。お昼すぎに起きますね。酒どころじゃない。ぷすーっとしながら、考えこみながらめし食う。夕方、六時に出かけるまで、あそこんとこうまくできねえなあ、さらっておこうかな、なんて思って、そのことで頭がいっぱい。ぼくは見栄坊だから、五十ぐらいになったらどうかわかんないけど、とにかく、いま、なにがいちばんいやだっていうと、自分の芸がうまくできなかったときが、世の中でいちばんいやですね。早くそういうところから抜けだしたいと思いますよ。

結城　逆のいい方になりますが、カチッとするためには〝ぞろっぺえ〟になったほうがいい。もっと、いいかげんになっていいんじゃないか、と思うんです。

志ん朝　そうなりたいですねえ。

結城　カチッとするほうがやさしいんですよ。ぞろっぺえになるほうがむずかしい、とくに志ん朝さんはね。

志ん朝　うん、むずかしいんだな。すぐになんでも気にするから。

結城　お父さんの場合は、ごく自然にぞろっぺえなんんだ。志ん朝さんも、どのくらいぞろっぺえになれるか、いちどやってみたらいいんですよ。ほかにしようがないじゃないの。
志ん朝　そうなのね。カチッとしたって、結果はおんなじなんですよ。
結城　貧乏にはなれないし、女にはもてちゃうしさ、病気もしないんだから。
志ん朝　それがそうじゃねえんだなあ（笑）。
結城　自分でそういう場をつくっていくしかないですよ。
志ん朝　ぞろっぺえ、ね。もっと前からやってなきゃ駄目なんだ。急にとってつけたようにやるとね（笑）……。
結城　まだ間に合いますよ。とにかく、いまの志ん朝さんの高座見てると、一分のすきもないんだね。
志ん朝　そんなこともないでしょうけどね。
結城　前に聞いた噺だなと思っても、また次にやるまでには、たいへんな稽古してるなってわかる。お父さんと同じネタやっても、たとえば『子別れ』だろうが、なんだろうが、まったくちがった演出をしてる。それも思いつきじゃなくて、たいへんな勉強してると思うもの。だから、こんどは逆に、あんまり勉強しちゃ、いけないいんじゃないかって（笑）。桂文楽はたしかに見事だったけど、志ん朝さんが文楽さんのようになっては困る。それは困るんだな。
志ん朝　そうかも……いや、そうかなあ。
結城　ぼくは他人事だから、無責任にいいますけどね、東横でもどこでもいい、きょうの志ん朝、少しおかしいんじゃないか、とたまには思いたいんだ。
志ん朝　ちょくちょくあるでしょう。
結城　それがないんだよね。実にしっかりしてて、おやじさんより文楽さんですよ。
志ん朝　よくいわれるんですよ。もうちょっといいかげんになんなきゃ駄目だよ、遊ばないと芸は向上しないよ——そういう意見は、ずいぶんしてくれますねえ。
結城　ありがたいことに（笑）。
志ん朝　稽古しろ、なんてえことという人まずいませんね。
結城　稽古してんの知ってるからですよ。
志ん朝　そんなの関係なく、みんないわないね。自分につき合わせようと思うからいうんじゃないかなあ。いいじゃないか、そんなこたあ、飲んでふわっと、それが芸って……その人、責任とらないもの（笑）。
結城　ぼくだって責任とらないよ。客というのは勝手なことばかり言って、責任はとらないことになっている（笑）。
志ん朝　ぜんぜん責任とんないの（笑）。でも、噺家って本来、ふわふわわふわっという職業だ、っていう気はしますね。
結城　そうでしょう。ぼくは、噺家が羨しくてしようがない。
志ん朝　ぼくが真打ちになったころ、テレビの仕事なんか、わーっときたでしょ。撮影所に行くのに朝六時ごろ起きて、がたがたやってたら、おやじが倒れたあとだったけど、起きてきて、「なにしてんだい」ってえから、「これから仕事なんだよ」て言ったら、「おまえ、噺家がこんなに早く起きちゃ駄目だよ（笑）、新聞でも配達に行くのかと思ったよ」（笑）「いや、そうじゃないんだよ。撮影があんだよ」ってったら、「つまんねえことしてやんなあ」っていわれたの（笑）。

結城　うん、おれもそう思うな（笑）。働き者の噺家なんてえのは、しゃれにならない。

志ん朝　ゆっくり寝てね、のっそのそしてなきゃいけない、っていうんだね。そういうふうになりたいですよ。文楽師匠のようにとか、さぁっと出て、大勢のお客をぜんぶ掌握して、自分の思いどおりにできるような、そんな落語家になりたいです、なんてえことは、ほんとに思ってないの。それこそ、ふわふわふわっていうふうになりたい（笑）。

結城　うん。それ聞いて、とてもうれしいんですがね。

志ん朝　なかなかなれないんでしょうなあ。

結城　ついでに生きていれば、なれるかもしれない（笑）。

志ん朝　結局、責任はとってくんない（笑）。

（1980）

芸を語る　父を語る

中村勘九郎（現・勘三郎）と

中村勘九郎（なかむら・かんくろう）
一九五五年生まれ。
歌舞伎役者。二〇〇五年、十八代目中村勘三郎を襲名。
『襲名十八代』など。

志ん朝　このところテレビの『元禄繚乱』の内蔵助役で、劇場へは何カ月くらい出てないんですか。

勘九郎　半年出てません。二月に出たっきり。その前はまた半年出てなくて、去年の八月。それで今月出ますから、二八《にっぱち》役者ですね（笑）。

志ん朝　入りの薄いときにあなたに出てもらえば入りがいいというわけだ。

勘九郎　いや、昔と違って八月は入るんですよ。劇場へ行けば涼しいし。

志ん朝　半年出てないと、出たいって気持ちになりますか。

勘九郎　二月に出たとき、ああ、歌舞伎座っていい劇場《こや》だなあ、と思いましたね。朝の序幕『将軍江戸を去る』の山岡鉄太郎で、「待て待てー、何だ貴様ら」って大声をあげて出て行ったら、客席がワーッと言ってくれて、ああ幸せだな、と思った。半年に一度くらいのほうが新鮮でいいんじゃないかな（笑）。

志ん朝　そうはいかないでしょう。

勘九郎　毎月出てると有難みが薄くなるけど、半年ぶりだと歌舞伎はいいなあ、と思う。外国へちょっと行ってるとしきりに日本がよくなって、帰りたくなる、みたいなね。

志ん朝　あたしはこの七月は役者として新橋演舞場に出ていたものですから（『本所深川ふしぎ草紙』）、休演の日に歌舞伎座の猿之助さんの芝居を観に行きました。大入りのお客さんを見てて、失礼な言い方なんだけど、遊園地へ遊びに来てる、って感じなんですよ。『南総里見八犬伝』の幕切れに途轍もなくデッカイ縫いぐるみの化け猫が屋根の上に現われて目が赤くピカーッと光ったり。客席はウワーッという雰囲気。『伊達《だて》の十役《じゅうやく》』では次々早替り。宙乗りもあって、それこそ手に汗握って、面白かったねえ、と帰って行くお客さん見て、この人たちは入場料損したとは思わねえんだろうな、と思いましたね。

歌舞伎というのは、本来のいかにも歌舞伎らしい歌舞伎をやってる方たちがある一方で、こういうふうに徹底して楽しませる芝居を観せる人たちもいる。こんなふうにいろいろある、ってことが、あたしは今とってもいいような気がしてます、歌舞伎にとって。

勘九郎　それはそうですね。いろいろあるのがいいんです。

志ん朝　ああいう行き方を中には悪く言う人もいるかもしれないけど、あたしが行った日に、女子中学生くらいのが、いわゆるトッポイ言葉遣いなんだけど、「あたしが笑ってたらさ、そんなもの何がおかしいんだよ、っていうようなババアがいてさ、髪の毛ひっつかんで引きずり回してやろうと思ったけどさ」なんて言ってた（笑）。

勘九郎　ぼくらが一年おきにやってる渋谷のコクーン歌舞伎もそんな感じですよ。女子高生の子が団体で観に来てね、去年は『盟三五大切《かみかけてさんごたいせつ》』という鶴屋南北の芝居だったんだけど、ぼくと橋之助が源五兵衛と三五郎の役を日替りでつとめたんです。その日は橋之助が殺人鬼の源五兵衛の役で、ぼくはいいほうの三五郎。初めのうちはみんなおとなしく観てたんだけど、源五兵衛が女と赤ん坊殺して、血だらけになって客席へ出てくるとザーッと雨が降ってくる。

志ん朝　客席へ雨が？

勘九郎　そう、お客はポンチョ着てる（笑）。そこへ橋之助が来かかると、高校生たちが、「こっちへ来んなよー」とか「夢に出ちゃうよー」とか大変な騒ぎ。それでカーテンコールになって、俺が手を振ったら女の子たちもみんな手を振ってくれた。次に橋之助が手を振ったら、女の子たちがいっせいに手を下に降してシーンとした。つくづくこの日、源五兵衛でなくてよかった、と思いましたねえ（笑）。ここのお客さんも、やっぱり遊園地なんですよ。

志ん朝　お客さんが一緒になって楽しむ、というね、これはやっぱりある程度大事だろうなあ。

吉良に「お怪我なさったんですか？」

勘九郎　同じ若い子向けの、高校生のための歌舞伎鑑賞教室というのを毎年夏に国立劇場でやってますけど、『石切梶原《いしきりかじわら》』なんていうのを観せても理解に苦しむと思うんだ。すると国立側は千人に観せて百人の歌舞伎愛好者を作るって言ってるけど、ぼくは逆に九百人に歌舞伎離れさせてるような気がする。

志ん朝　うーん……。

勘九郎　ぼくは昔、そこで『忠臣蔵』の五、六段目の勘平をやったんですよ。いきなりこんなもの観せたってわかるわけないですよ。やってるうちにだんだんお風呂屋さんの中で芝居してるみたいになっちゃった。

志ん朝　ハハハハ。うるさくて。

勘九郎　陰々滅々としてるし、動きは少ないし、腹突いてから「いかなればこそ勘平は……」て長台詞。向こうは早く死にゃあいいのに、って顔で見てるからこっちもやりたくなくなる。もっと目先の変わった派手なものにすればいいんですよ。

志ん朝　『忠臣蔵』という字すらまともに読めない、ってことがあるんですね。何年か前、十二月の十四日、討入りの日に十人くらいの通りがかりの人にこの字を読んでもらうというテレビ番組があってね、読めた人が三人くらいいたかな。あとはね、「知らな～い」なんて言ったり、「チュウシンゾウ？」なんて言う。ほんと、嘘じゃない。

勘九郎　この間、『元禄繚乱』の吉《き》良上野介《らこうずけのすけ》役の石坂浩二さんがぼやいていたの。何かの役で新しく加わった女優さんが、石坂さんの額の疵を見て、「あら、お怪我なさったんですか？」って（笑）。ほんとですよ、これ。

志ん朝　浅野の刃傷をご存じなかったんだね。

勘九郎　でも噺のほうも、どうなんですか。

志ん朝　もっとすごいと思いますよ。こっちは喋るだけで相手にうまい具合に想像してもらおう、ってわけですけど、それが絵になって出てこないですからね。

勘九郎　師匠のを伺ってると、『夢金《ゆめきん》』の船頭が竿をさせば、雪がチラチラ見えてくる、というのがぼくは好きなわけですよね。もっとも会場が暖房で暑すぎたりすると見えにくくなるけれども（笑）。

志ん朝　この間（昨年十一月）ご一緒した三越劇場では、それでしくじりましたね。

勘九郎　いや、だけども雪は見えましたよ。

志ん朝　そういうお客さんは別として、今ここまで追いこまれてきますと、噺家は開き直るしかないですね。一方では開き直らずに今の世の中に合わせようとして、われわれがとても考えつかないようなものをやり始めるわけですよ。それはそれでいいと思うし、まあわれわれは相手がいなくて一人でやってることだから、どうにでもなるわけですけどね。

勘九郎　そこが芝居と違うところですね。

夏は蚊柱、ナメクジ長屋

勘九郎　昔の人の暮しと今の人の暮しはまったくかけ離れてしまったから、噺を聞いて想像するのがどんどん難しくなる、というのは事実でしょうね。うちの親父の時代もそうだと思うけど、志ん生師匠もすごいとこに住んでいらしたわけでしょう。ナメクジ長屋という……。

志ん朝　あれはね、人が住めるものかどうか、試しに住まわされた、ってことのようですよ。昔の本所のほうには小ちゃな沼とか池のようなものがいっぱいあちこちにあったらしくて、そこへゴミや何か持って行って、バーッと捨てて、上に土をかぶして埋立地にした。そういうところに長屋をこさえたもんだから、ここに人が住めるかどうか、無料《ただ》同然にしてちょっと住んでごらんなさい、ってんで、それがナメクジ長屋ですから。雨が降ったりするとナメクジが団体でダーッと出てくるらしいんだよね。それと夏は蚊柱がすごい。

勘九郎　そうそう、蚊柱の中、口あけて通れない、っていうんですね（笑）。

志ん朝　露地にスッと入って行くともうブワーッ（笑）。そんなところに住んでたんですよね。

勘九郎　だからそういう方が、その話をするんだから実感こもってますよねえ。

志ん朝　そうなの、われわれは自分の知らないことを話すんだから、大変ですよ。

勘九郎　想像力を働かすのが大変な仕事。

ぼくは、何不自由なく育ってさ、かえって羨ましく思いましたよ、そういう境遇を。

志ん朝　蚊柱がワーッと立ったり、ナメクジがゾロゾロ出るような長屋で生活してて、まったく楽しみがないかって言うと、やっぱりあったわけで、たまさか鰻が食えたとか、カツオが手に入ったとか、それを後生大事に味わったんでしょうねえ、しみじみと。

勘九郎　だからそういう体験をはっきり覚えてるでしょうから、実際に演じるときは強いですよ。

志ん朝　慎ましやかだったんだなあ。昔の侍の生活の記録みたいなのを見ると、あんまり高禄でもないのにこんなに抱えてんの？　っていうぐらい人を抱えてるでしょう。供侍だの奴だの草履取りだの。でも今の生活を基準に考えたらとてもやっていけないけど、あのころはご主人自体もあんまり贅沢してないから、家来も厳しい生活が当り前だったんでしょうね。今はだいぶ基準が違っちゃって、だからお金がいくらあっても足んない。

勘九郎　今は道行きだとか、心中だとか、色っぽい話は、まず生まれませんね。

志ん朝　いい意味の哀れがない。昔の吉原には、男に心惹かれながら、勝手なことは許されないとなると、せめてその男を情人《まぶ》にする。その人が来たときだけは楽しい一夜、というね、情があったものだけど、そんなの今の子にはもうないね、何買ってくれんの？　って感じ。

勘九郎　そうそう。

志ん朝　昔の本読んでたら、遊女と店の若い衆とができちゃって、これ本当は御法度なんだけど、店の主がわかる人で二人を一緒にして店で働かせてくれた。子供ができて、今の常識なら決してそんなところで子供は働かせまい、と思うでしょ。それが女の子が生まれるとそのまま店へ出すような手続きするんですよね、昔はね、今の人はそんなことあるわけないよ、バカバカしい、って言うけど、あったから人情噺も世話物もできたんですよ。

勘九郎　今の人ってあんまり喜怒哀楽がないね。感動がない。江戸っ子はイタリア人でしたからね。

志ん朝　そうですよ。そうそう。

勘九郎　今は大阪人のほうがどっちかというとイタリアっぽいですよ。

志ん朝　あたしは大阪へわりによく行くんだけど、昔の日本が残ってるような気がする。大阪の人はすぐカッカとするからね。

勘九郎　喜劇に対する感性がすごいですね。観客の反応がすごい。『文七元結《ぶんしちもっとい》』なんか、大阪のほうがワーッと来ますよ。『魚屋宗五郎』とか『髪結新三《かみゆいしんざ》』は東京のほうが反応がいいけど。

志ん朝　なるほど。

勘九郎　新三なんてサラッとした上澄みみたいな話だから。大阪はゴテッと来るものが好きですね。

志ん朝　結末のはっきりつくもんのほうがいいんじゃないのかな。

勘九郎　そうです。新三が弥太五郎源七に一太刀斬られて、二人でお辞儀して、「まず今日《こんにち》はこれぎり……」これダメ（笑）。それからどないすんねん、となる。

志ん朝　スパーンという下げがないとね。でも『髪結新三』いいけどなあ、うーん。

勘九郎　ぼくの父方の祖父、三代目歌六《かろく》という人は大阪人なんですよ。だからぼくの中に大阪の血が四分の一流れてるから大阪が好きなのかもしれない。

志ん朝　ふーん、それは初めて聞いたなあ。

役者になりたかった

志ん朝　あなたが絶対にお父さんの血を引いているのは、どこを取ってみてもわかるよ。まず舞台がそう。お父さんもあなたも何かおかしみがある。出てきて首をふっと動かしただけで、もうおかしいんだ。愛嬌というか味というか。そういう人ってあまりほかにいないからね。

勘九郎　自分では意識してませんけどね。

志ん朝　それはそうですよ、意識してたらいやですよ（笑）。芝居を楽しんでるからそれが出てくんのかなあ。

勘九郎　とにかく好きですからね。だから楽しいですよ、芝居してて。

志ん朝　子供がすっかりその気になってやってるのと同じなんだね。だから観ていてホッとさせられる。これがすごい。

勘九郎　今テレビで山本學さんが一緒なんですけど、「お父さんは舞台ですごかったですよ」って。『本日休診』とかそういう芝居で、団体客が幕あきにザワザワしてたんだって。學さんは真面目だから「先生、何とか」ってちゃんと台詞言うと「うん、はいはい、言った」って言う。「で何とかでしょ」と言うと、「はい、そういうこと、言った」って答えて台詞言わない。「どうなさったんですか」と訊いたら「ほんとの台詞言ったってどうせ聞いてない」

って、妙な人でしょ（笑）。

志ん朝　まったくね。勘三郎襲名はおいくつのときでしたっけ。

勘九郎　昭和二十五年だから、数えで四十三のとき。去年のぼくの年ですね。

志ん朝　あたしは中学生のころから歌舞伎見物に凝り出して、演劇雑誌の写真見ちゃあ役者の絵を描いたりするのを親父が見て、いやな顔しましてね。自分は播磨屋（初代中村吉右衛門）の何かの集まりのとこへ行って一席つとめさせてもらったなんて自慢げに話すから、「父ちゃん、ちょっと口きいて役者にならしてくれよ」って言うと、「それはダメだ」って。家柄のこと言ってたんでしょう。今考えりゃならなくてよかったけど、当時はもう夢中でした。

勘九郎　へーえ、歌舞伎役者にねえ。

志ん朝　次は新国劇に入りたい、って言ったら「怪我するからダメ」。その次は新喜劇に入りたい、って言ったら「大阪の人でなきゃ入れない」って全部つぶされて……。

勘九郎　アハハハ。もし志ん朝師匠が歌舞伎へ来てたら、俺の役どころを全部先にやられてるね。『文七元結』だの『髪結新三』だの、俺の好きな役全部。来てなくてよかった（笑）。

志ん朝　破戒坊主が毒入りの鯰鍋食う芝居があるでしょう。

勘九郎　ああ『巷談宵宮雨《こうだんよみやのあめ》』の龍達《りゅうたつ》ね。

志ん朝　お父さんのよかったね。小骨プップッと出しながらブツブツ文句言ってるとこなんか。

勘九郎　欲張り坊主ね。うちの親父が金貯めてんですよ、仏壇のとこに打出の小槌型金庫があって、毎朝あたりを見回しちゃ金数える。まるで龍達なんだ（笑）。

志ん朝　江戸っ子ってわりとケチだからね。うちの親父もそうなんだ（笑）。昔は男が財布握っててね、おかみさんが「今日はこれこれでお金がいるの」って言うと「うん」て胴巻から取り出してその分だけ渡す。そんな暮しをみんながしてた。てことは、しみったれとかケチとかじゃなくて、大事に大事に俺が金を扱ってる、という思いからだと思いますよ。

勘九郎　そうしてるうちに金庫あけるの何番だか忘れて、金庫屋呼ぶんです（笑）。

志ん朝　うちの親父もそう（笑）。若いころは金庫いるほど金がないけど、結構な年になって金が入ると今度はあけ方がわかんない。

勘九郎　でもケチの反面、『文七元結』の左官《さかん》長兵衛みたいに、自分の娘をカタに置いてきた五十両を、ポーンと見ず知らずの若い男に投げ出して身投げを止めてやったりする。やっちゃったあとで、ああ～って、きっと後悔するんだけど、これ、江戸っ子のバカさ加減なんですね。

志ん朝　親父のはそういう長兵衛でした。

勘九郎　ぼくも長兵衛の役をつとめるけど、あとで金も娘も返ってくると、禁酒の決心もたちまち破って、幕になったあとはもう角樽《つのだる》の酒飲んで騒いでる、というふうなのが長兵衛だと思う。

志ん朝　そうです。

勘九郎　でも圓生師匠のだと、いい人の話になってて、人を助けていいことをした、気持ちがいい、酒も博打もやめていいおとっつぁんになる、って感じに聞こえる。

志ん朝　非常に真面目な好みですね。

　また、テメエの娘を吉原に置いてきた金を人にやれるわけがねえ、という人もいるけど、しかし長兵衛はやっちゃう人なんですよ。

勘九郎　人の命は金じゃあ買えねえ、ってね。

志ん朝　娘はたとえ泥水につかっても死なねえが、おめえは今死ぬって言うからやるんだ、という単純な割り切りね。ここで金やらねえやつは本当のしみったれですよ。だから、娘にすまねえと思ったら、お前のつとめるお店《たな》ん中のどこかに小ちゃな神棚吊って、どうか悪い病気になりませんように、って毎日手を合わしてくれ、って。こんなの途轍もなくお誂えの台詞だよ。

勘九郎　この前、ポルトガルの王妃様がこの芝居観に来てね、これをリスボンでやってくれ、って言うんです。リスボンには川が多いからピッタリの芝居だ、って（笑）。

志ん朝　ポルトガルにも身投げはいるんだ。

勘九郎　だからうちの親父にしろ、お父様にしろ、あの場合だったら絶対金投げ出しますよね、私生活でも。発作的だから。

志ん朝　そう、こまっけえところにすごく細かくて、でっかいことになると発作的になる。その意味でも長兵衛は勘三郎さんと三木のり平さんがよかったね。他の人の舞台で、角海老《かどえび》に入ってくるとき自分が仕事した廊下の壁を改めながら歩いてくるという演出になっていた。これ、理に詰みすぎるよ。そんな人がなんで博打にうつつを抜かして借金だらけになるのか……。のり平さんのは幕切れに足が痺れちゃって、よろけてポーンと壁に手を突いたとき初めて見て、「ここも塗り直しに参ります」って言う。

勘九郎　なるほど、長兵衛は最初は壁を見るどころじゃないからね。

『筆屋幸兵衛』っていう貧乏のあまり気が狂って子供を殺す黙阿弥の芝居があるでしょう。勘三郎の幸兵衛は元武士に見えない、って言われたら、「バカ言っちゃいけないよ、まともな元武士なら腹切って死んでるよ、死に切れないからああやって長屋住いして苦労してる。だから可哀そうなんだろ」って、親父が言ってましたけどね。

志ん朝　だから批判した方がもう一つ深く考えてないんだよね。

しかしいいねえ、こんなこと言ってられるんだよ、われわれの商売は。

勘九郎　アハハハ、ほんとだ。

志ん朝　楽しいじゃないですか。人間を追求して、突き詰めて……結構な生業《なりわい》ですよ。

長男を八十助に預けます

勘九郎　志ん生師匠が高座で寝ちゃって、お客が「寝かしといてやれよ」って言ったって話、ほんとですか。ぼく好きな話なんです。

志ん朝　ほんとですよ。いわゆるお座敷が盛んな時分にね。そこで一席伺って「お疲れさま」って酒出されると、よしゃあいいのに飲むんだね、これが。

勘九郎　ハハハハ、そりゃ飲むね。

志ん朝　キューッと飲んで寄席へ着くと、そのころにいい心持ちになって、高座へ上ってるうちに、ウーン、ってことに（笑）。すると前座が出てきて、「師匠、師匠」って起こす。そしたらお客が「寝かしといてやれ」って。

勘九郎　粋な客だね。

志ん朝　親父が目えさまして「そういうわけで」って（笑）。これがねえ、いい度胸というか、自分の好きなように生きてきたというのが羨ましいですよ。

勘九郎　たいしたもんです。

志ん朝　晩年、患ってからは右半身がきかなくなって、「父ちゃん、もういいよ」って言ったら、「俺は出られるだけ出るんだ」って。でもあんまりよくないんで、脇で聞いてて、あじれったい、と思うわけですよ。そのうち板付《いたつき》にさしてもらって、膝の前に講釈の釈台を置くんです。小ちゃい合引《あいびき》（演技中に腰掛ける方形の箱）をお尻のとこにかって、親父を座らせると弟子が退《さが》って、幕をあけるんです。あるとき片方に体重がかかって合引が外れてドーンと倒れて、釈台の陰に親父の姿が消えちゃった。お客が騒然となって、お囃子さんに言われた弟子が飛んでって元に戻したら、親父は平然として「そういうようなわけで」って（笑）。

勘九郎　アハハハ、今の話で十分、その場が見えましたよ。

志ん朝　お客はワッと笑って、笑われた親父はわけがわかんない顔だったらしい。

それからだんだんうちにいることが多くなったんですけど、うちに池がありましてね、こっち側は水がなくて砂利だけという、ちょっと凝って気取った池なんです。このたもとにあった梅の木が枯れたんで、植木屋が適当な高さに切って、そこに板を打ちつけて植木鉢なんか置く台をこしらえた。その板は水面にぐっと張り出してるわけですよ。下には金魚が泳いでる。ある日、その板に鳩が来てとまった。そしたら日向ぼっこしてた親父が弟子を呼んで「見な、あそこに鳩がとまってる。何考えてるかわかるか」って。

勘九郎　フフフフ。

志ん朝　「わかんねえか。あれは身投げしようかどうか、って考えてんだ」って。

勘九郎　アハハハ、洒落てるねえ。

志ん朝　俺、好きなんだ、この話。鳩、こうして首左右にかしげて考えるでしょう。下には水があるし、芝居ごころと噺のエッセンスがつまってるね。勝手に人間が鳩の了見になって言ったりしてさ。

勘九郎　お父さんには噺教わったんですか。

志ん朝　親父はやるたんびに違う。「隠居さんいるかい」って入ってきたり「隠居さんの前だけど」っていきなり始めたり、隠居のほうから声かけたり。それはどうでもいいんだ、っていう教え方で、初心者には難しいですよ。

勘九郎　ああ、そういう教え方。うちの親父もまともにぼくに教えるのをいやがって、麻雀つきあえば稽古してやる、って。ぼくが勝つともう機嫌悪くして、とりやめ。麻雀の途中でぼくが指さしたりすると「親を指さすような了見のやつには教えない」って。まるで子供みたいですよ。だから幸四郎さんとか吉右衛門さんに教えてるのを横で見て覚えました。

志ん朝　うちの親父は、面倒だなって言いながらも全部聞いてくれて、ただ、いいとか悪いとか言うんです。細かいことは言わないで、そんな調子じゃなく、もっとポンポンと行け、とかね。「それでとにかく客の前でやんなきゃダメだ」が口癖でね。

勘九郎　それも同じです。お客の前で恥かいてやってれば、ある日ある時「こういうことか」ってのが来る、って。まだ来ないけど。

志ん朝　いや、来てますよ。

勘九郎　いいえ、まだまだ。でも親父が亡くなって、先輩が何か注意してくれたとき、「あ、知ってます」って言ったら誰も教えてくれなくなりますね。

志ん朝　それは絶対ダメ。

勘九郎　「うちの親父はこうでした」というのもダメですね。「それじゃ勝手におやり」ってなる。何でも有難く聞いて、いいことだけ自分の中に残せばいいんですよね。

志ん朝　われわれの蓄積の仕方ってそれしかないですから。人が言ってくれるのを待って、いいのにパクッと食いつく。

勘九郎　今度うちの長男（勘太郎）を八十助（十代目三津五郎）に預けて踊りを教えてもらうんです。彼の踊りは楷書の字を綺麗にきっちり書くような踊りなんです。俺はどっちかと言うと、あっちへ行ったりこっちへ行ったりするのが好き。長男はどこを取ってもこっちの系統で、こないだも注射器見ただけで貧血起こした。間違いなく勘三郎系ですよ（笑）。

志ん朝　子供をよそへ預けるなんてことが、歌舞伎にはまだまだあるんだなあ。

勘九郎　ああいう几帳面な踊り教えてもらっといたら鬼に金棒だから、俺ネクタイしめて菓子折持って女房と二人で八十助のとこに挨拶に行ったの。あいつ約束の日を忘れて日光浴してやがった（笑）。何を教えるかもまかせるから、煮るなと焼くなとしてくれ、って。

志ん朝　そんな世界は今ないよ。

勘九郎　お兄さんの金原亭馬生師匠に対しては、お父さんはどんなふうだったんですか。

志ん朝　兄貴は兄貴の志向があって、人情噺とか、地味な話をコツコツやってました。あたしはそういう感じじゃない、ということを親父は早くから見抜いて、分けて教えてたみたいです。兄貴は滑稽噺より、身分のある人が零落するといったふうな、人情噺が好きでした。親父も最初《はな》のうちはもっと派手に、なんて言ってたけど、そのうち言わなくなって。

勘九郎　志ん朝師匠もお父さん以外に教わった大先輩がいらっしゃるんでしょう。

志ん朝　ええ、あたしの場合は林家正蔵（のちの彦六）師匠。手ほどきは全部そうです。

勘九郎　やっぱり芝居噺を？

志ん朝　いや、そうじゃなくて、うちの親父の噺はブロークンですけど、正蔵師匠のはピシッと決まってますから。三回師匠が聞かしてくれるんですが、三回とも キチンと同《おんな》じなんです。すると噺というのはこうなってこうなって進んでゆくんだな、ということがわかってきて、それからはうちの親父のを袖で聞いてて、自分でこなせるようになりました。

勘九郎　ふーん。稽古のとき、正蔵師匠は枕はやらないんですか。

志ん朝　決まってる枕はやってくれますよ。それで、三日間通って三回聞かせてもらって、「覚えたかい？」って言われて次に行ってあたしがしゃべる。それを師匠に直してもらって、初めて「上げた」ということになるんです。それが教わりっぱなしで高座にかけちゃうやつもいて、「お前、それ、師匠に上げてもらったの？」って訊くと、「えー……」なんてごまかしてる。上げてもらってないと全然違うんですすよ。

「髪結新三さんへ　圓朝より」

勘九郎　うちの親父は亡くなるときに、病院でズーッと志ん生師匠の噺のテープ聞いてたんですよ。有名な話になったけど。

志ん朝　そうなんですってねえ。

勘九郎　そしたら藤山寛美さんもそうなんですって。直美ちゃんから聞きました。それで親父のお棺にそのテープを入れたんだけど、あとで考えてみたら、何だ、向こうで本物が聞けるんだ、って（笑）。

志ん朝　うちの親父のテープは今でも一番よく売れちゃうみたいで、あたしなんかどうにもなんねえな、と思いますよ。

勘九郎　『黄金餅』なんて怖い噺ですよ。死ぬ間際にためこんだ金を餅にくるんでのみこむ話なんだから。その怖い話を怖いスレスレでバカな話にしちゃうのがすごい。ぼく、飛行機がパリに着くまでの間、ずっとそれを何回繰り返して聞いたことか（笑）。

志ん朝　そういう人がいるから弱るよ（笑）。

勘九郎　擬音というのか、風の音がピューッ、とか、感じが出てるんですよね。

志ん朝　空っ風が吹いて、物干し竿がカラカラカラカラッと回るのや何か、ねえ。あたしも以前は、親父や先輩の芸に負けまいとして苛々したりカリカリしたりしていました。それが何年か前からなくなりましたね。自分のペースでやろうと思うようになったらすごく楽になりました。いい映画やいい芝居観ると、いいなあ、と思って素直に涙ぐんだりね。そうしたら精神的にも肉体的にも調子がわりにいいんです。

勘九郎　ぼくはまだダメですね。

志ん朝　あたしと勘九郎さんとは、親父と勘三郎さんと同じくらいの年の開きがあるんですよね。

それで、勘三郎さんのよさっていうのは、うちの親父にも通じるんだけど、芸人というのはね、最終的に芸を見せるんじゃなくて、その人間を見せるんだ、ということだと思ってるわけですよ。

勘九郎　ほんとにそうですね。

志ん朝　落語も芝居も、それは媒体なんだと思うんです。その人を見せるんじゃなかったら、誰のを見ても同じなわけですよ。役以外の、本人の魅力をとても見せたのが、親父や勘三郎さんだったと思う。お父さんを蕎麦屋なんかでお見かけすると、舞台の勘三郎さんと同じなのね（笑）。

勘九郎　とてもよくわかる。つまり最後は人間なんですね。

志ん朝　「芸は人なり」なんですよ。

勘九郎　ぼくは『牡《ぼ》丹灯籠《たんどうろう》』って芝居の中で、おこがましくも、三遊亭圓朝の役をやって、しかも志ん朝師匠がそれを観に来てくださるというすごいことをやってのけたわけだけど、さすがにその日は演舞場の客席の照明を落して、舞台はピンスポにしてもらった。「えー、ようこそのお運びを」なんて顔を上げて師匠と目が合ったら、あたしゃ絶句する（笑）。

志ん朝　いや、立派なもんでしたよ。あたしもあのときは明治座であなたの持ち役、髪結新三をやっていた。そうしたらあなたから「髪結新三さんへ　演舞場の圓朝より」ってお花が届いて恐縮したんですよ。

勘九郎　そしたら師匠が羽織の紐持って楽屋へ来てくださって、さっそく紐つけかえて。あれから圓朝の役のときは必ずあの紐を使わせてもらってます。

志ん朝　滅多に人さんの楽屋へは伺わないのに、あのときはスッと通っちゃってね。

勘九郎　噺家の役をしてて思ったのは、一人で座布団の上に座って、実に孤独なものだなあ、ってことと、その一方、登場してきて座布団の上に座って、「えー」と始めるまで、何にも芸をしてないのにお客はじっと待ってくれてる。これはいい気持ちのものだなあ、ってこと。

志ん朝　ああ、なるほどね。

勘九郎　役者ではそういうことはあり得ません。登場の瞬間から何かになり切って、何かを演じてなきゃならない。でも噺家の場合、そこの主人が出て来て、やおらその座について、さあ、始めようっていうのを、お客がじっと待ってるでしょう。出というものは、舞台とはまるで違うものなんだな、だから、ああやって、みんなが好きな出囃子を選んで、いろんな出方をなさっているんだな、と思いました。

志ん朝　そうなんですよ。このごろ、あたしも時間が半端なときに寄席をのぞくことがあるんですよ。自分の勉強にもなるんでね。すると、出のほうは今おっしゃったようにそれぞれ工夫を凝らしてて、ちょっと小腰をかがめながらとか、ニコニコしながらとか、出てくるわけですよ。座ってお辞儀をして、噺に入るまでは一生懸命お愛想を振りまいて、ちょっとした枕をふって、本題に入る。それで噺が終わって、スッと立つ前に、急にその人の素《す》に戻っちゃうんですよ。

勘九郎　あ、そのことぼく、伺おうと思ってたんです。そういう人多いですよね。

志ん朝　多い。あれはよくないです。

勘九郎　やっぱりね。俺はあれがこのごろの型なのかと思った。

志ん朝　とんでもないですよ。

勘九郎　さあ終わった。もう俺はお前らと関係ない、って怒ったみたいに帰る人がいる。

志ん朝　そんならなんで出てきたときに愛想よくおつきあいのほどをとかお願いごとなんかするんだ、ってことですよ。終わったら終わったで、もう少し身体に気を残してね、有難うという気持ちが残ってれば、形として絶対に表われるものですからね。中には反対に、普段、楽屋で無愛想な感じの子が、こんなにお世辞のある子だったの?ってびっくりすることがある。ああ、いいじゃないか、って思いますよ。

勘九郎　終わったら、客をポンと切るほうが恰好いいと思う時期もあるんじゃないですか？

志ん朝　それはね、あたしなんかにも、ある時期ありました。芸をちゃんとやったんだからもういいんだ、っていうね。お客様に世辞を売るのが恥かしいとか、よしとしないとかいう両方の気持ちですね。でもその後、媚びでもいいから、引っこむときになって急にお客様の気分をそがないようにするのがとても大事なんだ、ってわかったんですよ。

勘九郎　志ん生師匠とかうちの親父とかは高座も舞台も素みたいな人だったけど、全部が芸人でできてたから、素に戻るも何もなかったんでしょうね。

志ん朝　そこまでの境地に達したらしめたもの。芸は人なりで押し通せますからね。

（1983）

笑いと想像力

荻野アンナと

荻野アンナ（おぎの・あんな）
一九五六年生まれ。
作家。慶應大学教授。
『背負い水』『けなげ』など。

荻野　今日は夢にまで見た志ん朝師匠とお会いできるので、なるべくしんちょうにと、そう心掛けてまいりました。済みません、最初から。

志ん朝　ハハハ、そうですか。そうですか。

荻野　おまえの駄洒落は病気だと言われます。

志ん朝　そうかもしれませんですね（笑）。

荻野　お呼びするときは師匠でよろしいんでしょうか。

志ん朝　いやいや。どうぞ普通に、ええ。

荻野　話にししょうを来たさないように……。ああ、どうしよう、私。プロの方の前で連発すると顰蹙を買うのは分かってるんですけど。

志ん朝　いやいや、そんなことはないです。われわれ芸人は、上手そうで上手くないのが多いんですよ、あたしも他人《ひと》のことは言えませんけどもね。そうすぐ立て続けに出てくるって大したもんだ。しかも量だけじゃなくて、質が大変によろしいんで。

荻野　シツこい、というヤツで（笑）。

志ん朝　駄洒落を連発する有名な作家がいらっしゃいますけれども、その方の作品は読んでるうちに、うるさくなって疲れるんですよ。荻野さんのご本を拝読してて、最初、何でこう読みにくいんだろうと思った。つっかえちゃうんですよ。あれ？　どういうことなんだろうって、また戻ると、これが洒落なんですよね。あっ、そうか、洒落か、と納得して、もう一回取りかかって、またつっかえちゃって、あれ、なんだ？　洒落か。おれが気がつかない。馬鹿だなって。あとは一気に読了できた。うるさくない洒落なんだと思うんですよ。

荻野　それは、英語でシャレードってやつですね（笑）。

志ん朝　独りでに浮かんできちゃうんですか、一生懸命考えるんですか。

荻野　どうなんでしょうか。緊張して、言っちゃいけない、言っちゃいけないと自制すると、どんどん出てくるんですね。

志ん朝　全部一ぺん出しちゃったほうがいいですね。

荻野　出してキレイな体に。宿便みたいに（笑）。

志ん朝　そうです。もうほんとうに恐れ入ります。芥川賞をおとりになったというテレビのニュースで初めて存じ上げたんです。その後、いろんなトーク番組に出演なさって、可笑しいことをおっしゃるんですよね。それがね、早い話が、素人ばなれ玄人はだしのことをおっしゃる。面白い人がいらっしゃるな、女の方で珍しいな。女性でそういうこと言うと、非常にうるさかったり、質の良くないのが多いんですよ、あたくしのスケールで計ってですよ。それがね、そうでなくて、粋なことをおっしゃる。

この頃、よくテレビにご出演のスポーツ選手が、この手のジョークを披露しますでしょ。

荻野　そうですねえ。

志ん朝　それが売り物で、この人は面白い人だとマスコミが決めてる方がいるじゃないですか。そういう人って、あたしはちっとも面白くないんですよ。なんで、あんなこと言うんだろうなあ。たとえば笑わない人がいると、「ジョークを解さない」って言うんだけど、そんなに簡単なものじゃないと思ってます、ものすごく上質でなきゃねえ。恐れ気もなく平気でなにを言ってんだろう、この人たちは、と思っています。その物差しをあてて、大変感心したんです。ああ、荻野さんみたいに、言ってくれてりゃいいのになあと。

荻野　もう、私、全身恐縮してます。

落語型フランス文学の発見

志ん朝　なんていうんですかねえ、分析しちゃいけないんだけど、最近、ギャグ、ギャグっていってますけど、われわれのほうでは、くすぐりっていうんです。それを考えるときに、かなり努力して上手い譬えを探すんですよね。志ん生って人のくすぐりは、全部譬えが上手いんですよ。「それじゃあ、まるで何々みてえじゃねえか」って言う、この何々が非常に上手い。あとで考えても可笑しいんですよ。そういうのが、ご本に随所にあって、これ使っちゃえ……、使っちゃいけないんだけど（笑）。

荻野　いえ、そういうものがあったら、どんどんお使いください。

志ん朝　いやいや（笑）。

荻野　落語は随分とネタにさせていただいてまして、エッセイの終わりなんか、よく「お後がよろしいようで」にしました。それにゃやはり、志ん生師匠の枕の部分ですとか……。

志ん朝　そうですよ。『背負い水』に、親父の一節がいきなり出てきたときには、驚きましたですよ、あたしは。

荻野　よくお読みいただきまして……。

志ん朝　ええ。「後悔を先に立たして、後から見れば、杖をついたり、ころんだり」って、若い女性があんまり口にするようなことじゃないから、不思議だなあと思ったりしますけど（笑）。

荻野　私は、十六世紀の古いフランス文学を勉強しておりまして、落語型フランス文学と出会いました。たとえば落語ですと、鰻の蒲焼を焼いているその煙でご飯を食べ、チャリンチャリンとおカネの音で払う。フランスでは肉のローストの香りでパンを食べちゃった人足が、結局、裁判で大岡裁き。これまた払いはおカネの音。

志ん朝　そういうのが、やっぱりあるんですか。

荻野　はい。目下、研究している作家のラブレーがしっかり書き残しています。

志ん朝　へーえ、そうですか。

荻野　たしか『嘘つき弥次郎』でしたね。言葉も凍る寒いところで、売るといいんじゃないかというので、火を凍らして、持っていく。その途中で解けちゃって火事になるというお噺は。加太こうじさんのご本でそれを知って、のけぞりました。十六世紀のラブレー、十八世紀の『ほら吹き男爵』と同じなんです。プーとも音が出ない喇叭を、暖炉のそばに置くと解けてきて音が出てきたとか、各地でいろいろあるんですね。

志ん朝　なるほどねえ。落語にも随分と中国を経て入ってきたのがあるようですね。

荻野　人類って、共通に変なこと考えるんですね。

志ん朝　あるんでしょうねえ。こうなったらどうなるだろうという想像がどんどんエスカレート。とてつもなく馬鹿馬鹿しいところに行き着いて、みんな楽しむ本能があるんでしょうね。

荻野　私も、羊に食わせるほどの量の本を読んで、結局、音が凍る話とか、おカネの音で払うとか、そんなのばっかり収集しているんです（笑）。また、実際にそうやって自分で小説を書き出しますと、志ん生師匠の省略の凄まじさに舌を巻きます。たとえば龍が間違って空から落っこってきますね。お礼に何かしましょうというんで、雨を降らせます。冬になったら、雨じゃ都合が悪いから、倅の炬燵を送りますっていうお噺。龍がズデンと庭に落ちて転がっている。普通、小説家の発想では、鱗が陽に輝いて目が爛爛と、全身何メートル、体重何キロ何十グラムって全部描写するわけですけれども、一切説明もなしで、「ああ、へえ、龍ってこんなんかい。ふーん」でおしまい。

志ん朝　ええ、ああいうのがねえ圧巻。

荻野　このスタイルでやってもいいんだっていうのを、けっこう学ばせていただきました。

だから私も、書かなきゃいけないことは極力書かずに、どうでもいいことを極力書こうと決意しました。

志ん朝　志ん生は実際に聴いてらっしゃいますか。

荻野　ごくごく小さいときに。記憶としてはないんですが、志ん生師匠存命のときに、赤ん坊の私をあやしながら母がラジオで聴いていたそうです。

志ん朝　ほんとにあたくしは、荻野さんに、うちの親父が元気なじぶんの高座を聴かせたいと思いますね。この人には聴かせたい、この人にはどうでもいいってことって、やっぱりあるんですよ。是非、ひとつ聴いていただきたかったな。すごい存在感のある人ですが、万事、自分の気の向くまま。乗ったときと乗らないときの差が激しい人ですからね。気分が乗らないときでも、好きな人は、もうそれで納得なさいましたね。

『疝気《せんき》の虫』ていうのもねえ志ん生らしい。けっして虫の姿は描写しないんですけどね、「あ、こんなとこに、なんか変なもんがいるよ。なんだ、これは」って演ると、聴いてるほうも「変なもんなんだ」って納得する（笑）。うちの親父が演ってると、はあ、疝気の虫ってこういう顔してんのかなと思えちゃうんですよ。すごくその姿がね、可愛らしくっていいんですねえ。その頃、同時代に名人といわれたお方がいらっしゃいましたけど、ほかの方がたは出来ないんですよ。そんなこと言うと、失礼ですけど。

人物は、いろいろと表現なさるんですけど、動物はちょぃと苦手なんですね。まして疝気の虫なんというのは、どうやっていいか分からないっておっしゃる方が多かったですから、うちの親父の独壇場でね。

荻野　心理描写やリアリズムの名人は、どちらかというと努力派みたいな感じですね。かたや破天荒といいますか、在りもしないものを、あっという間に、何が何でも聴いてる人に信じさせてしまうという点では、もう志ん生は絶妙。

志ん朝　そうなんですよ。親父のことだから、一生懸命突き詰めて考えたとは思わない。長い間の高座人生で独りでにこしらえ上げたんだと思うんですね。そういやあ、思い出しました。親父のネタです。ブリキの水槽があって、おあしを出すと、ゲンゴロウを一匹放してくれる。穴の上に「敷島」だとか「光」だとか「朝日」だとか煙草の名前が書いてあって、一つだけ何にも書いてない。ゲンゴロウはどういうわけだか、必ず何にも書いてない穴に泳ぎ着いちゃうらしいんですよ。「よく慣らしたんですね」っていう噺なんですけど、その一番しまいに、「ええ。きっとあるときに敷島へ入って日なたに干されたことがあるんでしょうな」っていう、その日なたの情景がね、目に浮かぶんですよ。

荻野　乾いちゃって、苦しんでいる（笑）。

志ん朝　「もう二度とあすこには入らない」と思ってる（笑）。こう手に取るように、虫の料簡ていうか、気持ちまで分かるようなおかしさですね。

荻野　ムシ出来ないってやつですね。

志ん朝　ウッ、そうです、そうです。
荻野　（頭を両手でおさえて）あいすみません。
志ん朝　いえいえ、いいッスよ。全部出してください、苦しいでしょうから。

文化的背景の消失をどうするか

荻野　あれは何なんでしょうか。さっきの疝気の虫も描写は一切ないんですけども、なにかある種の押しの強さというか、信念に基づく強引さが、落語の場合、有効じゃないかと思ったりするんです。私は、勝手に勉強させていただいて、どんな馬鹿馬鹿しいことでも信念を持って強引に書こうと、これまた家訓にしているんです。志ん生みたいなオーラや押しの強さを継承されてる方っていうと、まず、志ん朝師匠……。
志ん朝　いやいやいや、継承なんかとてもとても。そのほかの継承しやすい部分はしっかり継承してますけどもね（笑）。よく「昔は奇人が多くて、いま少なくなったねえ」なんて周りで言われますと、あたしは焦るんですよ。ちょっと奇人になろうかな、なんと思ったりしても、こればかりはどうにもならないですからね。馬鹿をわざとやったんじゃあ何にもなんないことで、「ほんとに馬鹿だね」って言われちゃいますから、やりませんけども。いないんです、ほんとにそういう人がね。
荻野　ただ、志ん生師匠みたいな生き方を今したら、もう「フライデー」「フォーカス」が大変ですね。

志ん朝　ハハハ。それは地獄だと思います。昔は羨ましいぐらいのもんで、他人様からとやこう言われないし、「芸人だから、そんなことはどうでもいいんだよ」というところを、今は追っかけ回されて、いいほうに導いてあげようみたいな考えがおありなのか、その先兵になってマスコミのリポーターやなんかがね、立ち上がんないでほしいんですけどね、立ち上がるんす、これがまたね。まあ、それこそああいうのはどうでもいいと思うんですがね。

荻野　この前、大阪の飛田をちょっと歩いてきまして、まあ現代の廓なわけですが、いかに例外的かよく分かりました。もう、あの廓噺の背景にある世界もないし、志ん生師匠がなさったように、奥様は大事にしながら、遊びはまた別枠でということって、今また出来ませんねえ。

志ん朝　けっこう外で女の子と遊んでる奴は幾らでもいますけども、やっぱり以前よりは、しにくくなってると思いますね。

荻野　遊廓のように一つの文化として根を張ってる大人の遊びが少ないですしね。

志ん朝　そうですそうです。廓なんかちょっと一種独特の世界があってね。それが今は、どっかそこらで飲んでて知り合いになっていい仲になったって、あんまり面白いことではないんですね。ただそれだけ、というような。そこへ特殊な感情が持ち上がってくりゃあ、また別かもしれませんけど、ああいう遊廓で遊ぶような、玄妙な世界には入れないですから、面白くないでしょうね。

荻野　古典落語を継承していくって大変だろうなと思うのは、そういう文化的な背景の消失ですね。それを今に生かしていくやり方は難行かもしれません。昔、小朝さんが出てきたときは新鮮でした。閻魔様が出てきても、喫茶店へ行ってモーニングサービスでトーストをかじっている。新しいものをどんどん入れてしまうスタイルでした。しかし、それは小朝さん個人の技としては面白いとしても、落語全体に通用するっていうことではないと思うわけです。

志ん朝　ええ、そうですね。

荻野　ただ師匠の高座を聴かせていただいていると、古典なんですけど、テンポが早くて、強引に楽しく丸め込まれちゃうところがありますね。

志ん朝　そのとおりって言うと尊大ですけど、丸め込んで聴かしちゃう努力をしてますね、ある程度。あたし個人のおかしさとかなんとかってえのは、何とか加減できますけど、そうでない部分はなるべくいじらないで、パッと強引にやっちゃうよりほかに手は今のところありません。よく落語の将来はどうなるんですか、と訊かれます。あたしら噺家は、お客様を、とにかく喜ばして、おっつけ仕事でも納得させる努力を払うよりしようがなくなってきちゃってんです。ただあたしなんかは、身に馴染んでいる昔からの落語をやっていたいという希望が強くて、新作に手を出してないのは、自分でも狡いなと思うんです。手を出すと落語と呼べないものが出来上がる危険性もあるけども、今の時代に芯から合ってるかもしれない。実はこっちのほうがほんとは大切かもしれませんねえ。

あたしは、自分の好みに合った、今までこれが落語だっていわれていたものをそのまんま演って、何とかお客様に受け入れてもらう。もしそうしてはもらえずにすごいギャップが出てきたら、ひょっとすると辞めるのかもわからない。ええ。ただ、それはだいぶ先です。それよりこっちの体が言うこときかないとか、年を取っちゃって駄目になるぐらい余裕はあるでしょう。だから、それこそこれから噺家になる人は、大変だなあと心底同情しますよ。

人間の原型を垣間見る

荻野　『居残り佐平次』を、うちでよく聴くんです。居残りは、私は落語を通してでしか知らない世界なんですね。

志ん朝　もちろん、あたしなんかもそうです。

荻野　ただ、ああやって聴くと、あのテンポでもって、なんか納得してしまう。非常に現実感があるんです。

志ん朝　何なんでしょう、そこまで考えたことはないんですけど、教わったことをほんとに信じ込んで、自分なりの想像力で、生まれた膨みを押しつけてるんでしょうね。昔の人間が聴いたら、「それは、お前、まるで違うよ」っておっしゃるかもわかんないけども。

江戸の史実で、分かっていることは、ほんとにごく一部だと思うんですよ。うわべの政治機構だとか、町人の生活くらいでしょうか。その裏へ回ったアウトローの世界は、かなりほじくり出していろんな文献で、けっこう調べ上げていらっしゃるようですけど、まだ分からないものが、沢山ありゃあしないかなあ。今じゃあ出てこないような変わった人間もいたんでしょうね。おんなじ悪党でも、いろんなこと心得ている粋な野郎がいた気がするんですね。もうまるで居残りなんかは、ごく当たり前のことだったでしょう。

現代でも、「へーえ、そんな商売があるの?」というのがよくございますよね。たとえばイベントの会場へ並んで席を取るとか譬えはあんまりよくないけど、「へえっ、それで食べていかれんの?」っていうのがいろいろある。それとおんなじです。まして江戸時代のあの暮しの中だったら、「そんなことで?」というのが随分あるでしょうね。

荻野　佐平次も、今でいうと、職業は「フリーター」ですよね。

志ん朝　そらもう、大フリーターです。しかも遊びを心得ていて、人の気をそらさない。詐欺師は絶対に相手を気持ち良くさせなきゃなんないでしょう。いい感じを与えるというのは、これはもう大変な技術です。『つるつる』の「太鼓持ち上げての末の太鼓持ち」じゃないけど、いい心持ちにさせられた人たちがいっぱいいいたんだろうと思うんで、あたしも何の抵抗もなく演れますね。

荻野　そういえば、落語って、人間の原型というか、プロトタイプが出てますよね。『廐火事』のおさきみたいな女はいつの時代もいる。ただ、ちょっと現代より粋であったり、鯔背《いなせ》であったりするけれども。そういう時代環境も、人間設定を押さえちゃうと、周りもおさまっちゃうんですね、きっと。

志ん朝　ええ。そう思います。一時期は大変に心配したんですけど。寄席で、自分の知っている、前に聴いたことがあるけれども、ホッと出来るような落語を聴きたいなと、思っている人がたぶんいらっしゃるでしょう。そういう人たちの期待も裏切ってはいけないとも考えます。これはもう、あたしの逃げ場なんですけどね。あとは、「もっと新しいもの聴かしてくれ」と注文をつける人がいるだろうけれども、寄席ってのはそういうところじゃないんですよと言い切りたい。

荻野　ちょうど五百年前に生まれたラブレーを今年、学生に講義したんです。荻野アンナという名前で外人みたいな顔でフランス文学の授業。これはフランソワーズ・サガンみたいにお星様キラキラの世界だと信じて喜んで出席したら、大違い。妊娠十一ヵ月のおっかさんが臓物料理を食べ過ぎて脱肛を起こして、生まれてきた子がしかるべきところからではなくて、体内を逆流して左の耳から生まれて、「オギャー」と叫ぶかわりに「飲みたーい」――日本語だとつまんないんですけど、フランス語だと「アボワール」なんで「オギャー」に近いんです――って生まれてきた。さぁ、巨人の赤ちゃんが、飲むわ食うわ。五歳のみぎりに、何でお尻を拭くと一番心地よいかについて滔々と論じて、おとっつあんが「なんて頭のいい子だろう」って、感心する。これがテキスト。

志ん朝　フフフ。

荻野　ちなみに、何がいいかといいますと、お小姓の頭巾、奥方のハンカチ、草、花、ベッドカバー、あらゆるものを試して、紙なんかは一番よくない。最も具合いいのは生きたガチョウの子の羽根。ただし、ガチョウの首はちょっと股に挟んでおいたほうがさらによろしいという落ちがつく（笑）。そういうのを金曜日一限九時から延々とやるものですから。

志ん朝　みんながびっくりしちゃう。

荻野　もう女子学生が嘆いたり、赤面したり。

志ん朝　嘆くことはないんでしょうにねえ。

荻野　物語は古いフランス語に即してか、非常に奥ゆかしい日本語に訳してありますもんで、「般若湯《はんにゃとう》」が出てくる。二百人いるクラスで、「分かる」って手をあげたのが二人。

志ん朝　ほお。

荻野　お酒のことであると和文和訳。最後に試験をやりまして答案を見たら、「わかってるナ」というのが一〇％ぐらいです。実は私も絶望の淵でタップダンスを踊りながら、今日やって来たような次第です。

ナンセンスを受け入れる余裕を

志ん朝　いや、それは向こう側に合わせることはないんですよ。無責任なことを言うようですけど。

荻野　純粋な馬鹿馬鹿しさが、素直に受け入れられないご時勢ですね。突き抜けたナンセンスって、けっこう精神的に強くないと耐えられないでしょう。志ん生師匠のまくらでいうと、大きな茄子の夢がいい例ですよね。

志ん朝　ええ、ええ。

荻野　あれ好きなんです。「どのくらいかい。こんなかい。」「いやいや」「こんなかい？」「まだまだ」「こんなかい？」「そんなもんじゃない」「この六畳間いっぱいの茄子か？」「まだまだ」「じゃあ、この町内ぐれえか？」「とんでもない」「じゃ、どんなんだい？」って言うと、「暗闇に蔕《へた》付けたような」っていう。あれなんかも一瞬にして、もうブラックホール。

志ん朝　洒落だとか、馬鹿馬鹿しい話っていうのは、余裕がないと、受け入れられないですね。こっちもそうですけれども、機嫌の悪いときに、何か冗談を言われると肚が立つことがありますよね。

荻野　……ありますねえ（笑）。

志ん朝　疲れてるときだとか、機嫌の悪いときに、あんまり言われると……。

荻野　なんか、だんだん私、小さくなります。

志ん朝　いやいや、疲れてません。大丈夫です（笑）。だから、質によるんですよ。

荻野　よく疲れさせるって言われます。

志ん朝　アッハハハ。そうですか。けっこう喜んでんじゃないですか、言われた人も。あたしたちの場合は、完璧に蹴られちゃうわけですから、ポーンと。受けないと、今度は「ふーん、あいつの演ってる噺は受けないねえ」ってふうになると次にお仕事が来ない。そこへきちゃうわけですよ。

　だから、なるべく一線は引きますけどね。こっから先はあんたから入ってきてくんなきゃあ駄目です、ここまではあたくしから近づいていきます、この線は崩せません——というのを、やっぱり引かないとね。

　これがねえ、自分でね、「情けないな」と思うときがあるんです。「もう絶対向こうへ出ない」「どう思われてもいいんだ」っていうふうに言いきかせて、その線は決めて引いてますがね。少しは動かすんです（笑）。それは、ちょっと辛いものがありますね。

荻野　せんないこと。

志ん朝　そ、そそ。今ちょっと考えてたでしょ？

荻野　匂いましたか？

志ん朝　匂った、ちょっとツーと。なんか、この辺がザワザワァとしてね（笑）。

荻野　えへへ。ところで、さっきのお話に戻りますと、実は、ラブレーの価値が授業で伝わらないのを教師の良心で悲しんでる、というのは建前でして。本音は目下ラブレー論を書いてるもんで、これじゃあ売れないんじゃないかと、心配してるんです（笑）。

志ん朝　荻野さんは、随分いろんなテレビやなんか細かく見てらっしゃるように推察します。いろんな下世話なことも精通してらっしゃって、ああ、やっぱりおれもそうでなきゃいけねえな、と考えを改めました。あたし今まで、テレビの好き嫌いが激しいんですよ、これはもう絶対見ない番組、これは見るって二分される。かみさんが、喜んで見てると、それだけでもって夫婦喧嘩になるから避けてたんですよ。この頃やっと、我慢しても見ようと思ってね。

荻野　……（笑）。

志ん朝　トーク番組って、もうちょっと粋なもんじゃないのかなあと思ってましたが、今は粋も乙も提灯もないんですね。その人たちだけの世界の喜び方、可笑しみがあるようで、ガラス張りの隠れたところから見ているような、妙な感じなんですよ。だから、一生懸命見てるんです。え。もうこれではいかんと思ってね。だけど、ちょっと自信がないですね。そこに混じって合わせていこうっていうのは。あたくしは、やっぱり自信がないから、変なオジサンになっちゃうでしょうね、きっと、ええ。

荻野　最近は細分化してて、ギャグもこれは十九歳五ヵ月の人にしか受けないとか、渋谷のここの地域の人にしか受けないとか団子状になってる感じがしますね。

志ん朝　そうですね。で、まあ、般若湯を知らないのは、そりゃ無理もないけれども、たとえば「忠臣蔵」って字が読めなかったり、どんな物語か知らなかったりしますね。それも女子短大生なんかに読ましたら、チュウシンゾウですよ。

荻野　これは同僚の教師に聞きましたけど、ドイツ語の作文で、「私の細君が……」という文章があって、学生が「はい、先生」って手をあげて、「このホソギミって何ですか」。

志ん朝　はあ、えらいもんだねえ、そういう方には祝儀をやりたくなるんです（笑）。そばに置いとくと面白いもんなあ。

荻野　落語家はものすごく頭が良くなきゃいけないし、精神的にタフじゃなきゃ出来ない仕事だなと思うんですよ。

志ん朝　うんうん。

荻野　とにかくテキストを覚えるだけで大変。それでさらに受けなきゃいけないっていう。本の場合は反応が間接的です。要するに、頭を叩かれて三日経ってから「痛い」って呻くようなもんで、その点、落語はその場で反応が返ってきますからねえ。

志ん朝　どうしても嘆きになってくるんですけどね（笑）。さっきの話に戻ると、子供のじぶんにあたしらは特別に字を教わったわけじゃない、ひとが言ってて、ああ、これ忠臣蔵って読むのかって、自然自然のうちに頭に入ってくるものが沢山あったでしょ。それは大人が一生懸命に情報を振りまいたからです。今は大人が情報を振りまけない。情報がないんですね。あたしの言う大人というのは親ですね。

それから、我が儘に育っちゃってるから、テレビを独占するのは、やっぱり子供たち。子供番組に大人が一緒に加わって見ている形だから、今どきのお母さん方なんか、「ダサイ」なんて言葉を何げなしにフゥッと使って、昔っからの言葉はあまりご存知ないでしょ。

荻野　あぁ、耳が痛い。私、学生のときに、野坂昭如さんのお嬢さんの家庭教師をしたことがあって、野坂さんとまず面接で、お会いすることになりました。「駅前の喫茶店で」というのを私が電話でどう言ったか。あとでさんざんご本人に言われましたが、「駅のド真ん前のサテンで」。

志ん朝　アッハッハ。そら若いからしようがない。「いや、本来はこうなんだ」というのを知ってるからいいんで、それで育つ方はまあ結構ですけど、そこだけの世界に滞《とどこお》る方が来ると、あたしら今度そっちに、「ド真ん前のそのサテン」という言葉遣いで話をしなきゃあなんなくなる。

荻野　今の世の中、ほんとに厖大な情報が流れてますけども、家庭内情報は薄いですね。町内や周りの大人が、独自の世界をつくっていて、それをちょっと子供が斜交《はすか》いから覗く機会って減りましたね。

志ん朝　そうなんです。まあ町内の縦の繋がりなんてのは、昔はあったけども、今はないですから、言ってもしようがないんですが、ほんとに難しいな。迷いに迷って、そっちへ合わせるべきかどうしようか、まだ悩んでる部分がありますね。

おジャパンとどジャパン

荻野　最近びっくりしたのは、学生の答案の中で、本を自分は生涯これまでに二冊しか読んでない、一冊は『ぐりとぐら』で、もう一冊は『アンパンマン』である、テレビで流行る前に読んだんだ、って自慢してるんです。

志ん朝　ハハハ。

荻野　そういう人が、普通にいるわけです。なぜだろうなと考えると、教科書に載ってる文学は、川端康成だったり、志賀直哉だったり、非常に結構なものばかりです。日本の表文化ばかりが公式文化ということで教科書に載る。しかし、面白いのは裏のほうなんです。学校で表をおさらいするだけで、そこからさらに読み進むふうにいかないのが残念だと思うんです。

お笑い古典のラブレーをやってますと、日本というと非常に真面目な国じゃないか、なんで日本人が研究するんだなんて向こうの学者に訊かれたりします。そういう場合には、「日本というと、フジヤマ、『雪国』、武士道、茶の湯なんでしょうけど、もう一方に」って論じるとき、落語を挙げないと釣り合いが取れなくなるんです。笑いの文化が脈々と続いているんだ、と説明すると、外国の方も得心するんです。あらゆる国の文化の構造には、表と裏があるわけで、私は、〝お〟と〝ど〟を使うんですけど、フランスでも〝おフランス〟と、〝どフランス〟が共存しております。

志ん朝　ハハハハ。

荻野　おフランスのほうは、それこそフランソワーズ・サガンだなんだっていうんで、我々よく知っております。「カフェオレ」って、要するに、どろどろのミルクコーヒーじゃないかと思いますけど、「カフェオレ」っていうと値段が二倍になって、おフランス。かたやしっかりとどフランスがあって、ラブレーなんかもどフランスの根っこですけども、大いに飲みかつ食らい、笑うという文化。

志ん朝　日本にも、おジャパンとどジャパンがある。

荻野　川端、三島っていうとおジャパン。とても結構でございますが、反対側には、笑う日本もあるんじゃないかと。

　外国の方も誤解してますけど、外国の方が描く日本文化像を、我々が安易に受け入れている節があって、その結果として、今のガキ、いえお子さま方はご本をお読みにならない。教科書に落語を載せてカセット付けるのも手じゃないかナと思いますけど。

志ん朝　もうそうなんですよね。それで、本を読まないでも、そんな結構な大学へ入れちゃうんですか？　それで、今度卒業してたとえば一流商社に入社なさいますね。あたくしはよく地下鉄を利用するんで、見かけるんですが、ネクタイしてイタリア製のスーツ姿で、パァーと入ってきて、もうすごい勢いで空いてる席を捜してダーッと座って、スーツケースからカチャカチャと出すのはマンガの本。この野郎、大丈夫かなあー、こういう人たちに日本経済を任しといて。そらあ、本もたぶん読んでんでしょうし、ふだん一生懸命お仕事して頭使って疲れてるから、わたしは頭を休めてんですよ、って言えば、「あ、そうですか」となるんだけど、女ッ惚れのしない形だなあ。嘘でも、小説かなんか出して読んでもらいたい。いまの女の子には、そのほうがモテるのかどうか分かんないな。おんなじようなＯＬがいるから、その彼女たちは、それがいいのかな。小説なんか読んでると、「ヘンな人」になっちゃうのかしら。

荻野　答案を見たところでは、文章力に関しましては、今の学生さんは玉石混淆。ほかのいろんな知識がすごいんでしょうけども、文章力に関しては、同じ学部同じ学年で個人差が天と地でございますね。

志ん朝　面白いですね、そういう点も。本をお書きになったり、我々みたいにその人たちの前で芸を演ったりするんでない人たちが見てると、面白いんでしょうね、今は。でもあたしらは「面白い」っってられなくなっちゃうのが困る（笑）。

荻野　表現力の面では、もう野放しです。もともとその気のある人はどんどんいくし、その気のない人は、ほとんどピテカントロプス状態で足踏みをしていますね。

志ん朝　なるほど。だから飲みに行って若い女の子がそばに座って話していると、面白いですね。

荻野　ご祝儀だらけ（笑）。

志ん朝　ええ、ご祝儀あげたくなっちゃうような子がいっぱい。火鉢を知らない。それで「知らないモン」なんて威張られると、あれ、おかしいな、なんで威張るんだろう。もちろん行燈《あんどん》なんてなあ、はなから知らないですね。

荻野　アントンなら、国会にいる（笑）。

志ん朝　そのときにどこに線を引くかっていうのがね、これが大問題。線の遠く外側にいる人たちはまあかまわないんですが、指導をするっていうか、ものを決める、教える人たちが分かんなくなってきてる怖さがありますね。ある番組を見ていたら、袴がまったく、「そんな穿き方するかよ」って呻きたくなるほどでした。もちろんディレクターがついてOK出したから出演してるんでしょうけども。だから余計に、イライラッとするんですよ。その穿かされた人は知らなくてもしようがない。普通の映画だったらば、衣装部さんが着付けるから、「そんなことしないのよ」てなこと言いながら穿かせてくれるけども、そういうのが一切ない。おっつけ仕事だから。あたしらだって、そりゃ言われてみりゃあ、日本のもんでも、中世の水干《すいかん》なんか、着ようが分からないですよ。だから、それは衣装さんが着せてくれるまんまになっちゃう。しかし、それにしても分からな過ぎるんじゃないのかなあ。時代劇じゃないんですから、大正、昭和のころの話で、絣《かすり》の着物に袴穿いてる普通の学生さんの恰好がもう分からない。弱りますね。歌舞伎じゃないけども、解説のテープを寄席のうしろで渡さなきゃいけないかなあ。先に全部喋られちゃってね（笑）。ちっとも受けなかったりなんかして。

荻野　考えてみると、日本ぐらい近過去が早く大過去になる国ってないですねえ。

志ん朝　そうなんです。テンポが早い。何でもどんどん、どんどん進んでいっちゃう。世界と肩を並べたがって自分のうちの流れでいかないから。だけど、皆さん寄席にいらっしゃる若い方もおおよその想像ぐらいはついているんでしょうね。だから、最終的には、火鉢っていうのは、炭火が熾ってあって、手をあぶったり、鉄瓶や薬罐をのっけておくもんで「そういえば時代劇で見たことがある」ぐらいにスゥーッと、呑みこめる。しかし、そうでない人が多数だと……。よく生徒さんが、北海道ですとか、東北からの修学旅行で東京へ来ますね。とても有難いんですが、演芸に興味を持たせようと企んだ先生が「行ってみたい者」てなことを言って手をあげさすのか、強引に連れてくんのか、中学・高校生の団体がバッと入るときがあるんですよ。そうすると、やっぱり分かんないらしいですね。

荻野　お疲れになりますでしょうねえ、それは。

志ん朝　ええ、たっぷり。噺にはやっぱり、江戸とか、大阪とか大都会のなんか心意気っていうか、ふだんの生活の中でのちょっとしたやり取り、雰囲気てえ要素がありましょ。それを解してないと、その流れにファッファッと乗っていかれないいんですねえ。雰囲気はなかなか分かってもらいにくいでしょう。でも火鉢ぐらいはねえ。暖房の道具だって説明しちゃうとダメだし、といってまったくしないとダメだし、説明ぐらい難しいものはありませんですね。

荻野　文章だったら註をつければいいですけども、噺の流れの中にそれは入れられませんね。

志ん朝　ええ。文章だって、時と場合によっちゃあ、つけていられないでしょう。読んでるほうのテンポもありますから。

モーパッサンと落語

荻野　それを考えますと、落語の世界を守るためには、――守る、っていうと伝統芸能みたいになって嫌ですけれども――強引にやっていただかないと、大事な感受性が壊死しちゃうんじゃないでしょうか。

志ん朝　そうですね。そういうふうに言ってくださると有難いなあ。しかし「とりあえず、じゃあお前、何をするの」って言われると、自分の話すテクニックを磨く以外にないんですが、これもやっぱり、なかなかうまくできない。弱ったなあと思う、きょうこの頃であります。ええ。

荻野　落語の中に出てくる人間像が、壊死するというのは、文学にとっても非常な損失になると思います。大体、私は、落語と文学は同根と思ってまして、たとえば『厩火事』。年下のぐうたら亭主を持ったおさきさんは、それこそモーパッサンの短篇の主人公。実は、一昨年でしたか、授業で『廐火事』を聴かせてから、原書のモーパッサンを読ませて、モーパッサン落語を創れと課題を出して、生徒をのたうち回らせたのでございます。それは『傘』という短篇だったんですけども、傘を使って落ちをつけろと。私も教師の威厳をかさに着た。

志ん朝　ウッフフフ。

荻野　モーパッサンですと、最後はしんみりとか、人生の無常を考えるとか、ちょっと残酷だったりします。落語ですと、おさきさんが、亭主の大切な瀬戸物を割ってしまう。亭主が「指は大丈夫か」って気遣ってくれて彼女は嬉しいなと思う。しかし、腹は「その指で仕事ができなかったら、おれは飲んで暮らせない」。考えようによっては残酷なんですけれども、ちゃんと落ちがついていて、おさき自体が明るいといいますか、やけくそというか、開き直っている。将来亭主が若い女を連れ込んで、あたしが歯抜けのばあさんになっていたら口惜しいだろうね、嚙みつきたくても土手だけになって嚙みつけやしないなんて、モーパッサンの主人公は言いませんよね。「土手」が入るんで、リアルだし、しんみりもしユーモアも漂う、非常に立体的な人間像がそこに浮かび上がります。それは意外と近代以降の小説では掬いきれてないところかもしれません。

志ん朝　あ、それはそれは。

荻野　『二番煎じ』もよく聴かせていただいておりますが考えてみると、筋がない。

志ん朝　そう、火の用心の夜回りのね。

荻野　火の元注意をいろんな言い方で言った後は、みんなで車座になって飲むっていう小説を渡したら、編集者は「何ですかこれ」って当惑しちゃうと思うんです。でも、あれ面白いんですよねえ。

志ん朝　冬場になると、方々で演りますけど、やっぱり演ってても楽しいんですよね。で、お客さんも喜んでくださいますんで。中には二回目、三回目になって線の内側に入ってきてくれる若い人もおります。

荻野　やっぱり入ってるなっていうの、お分かりですか。

志ん朝　あたしは目がいいもんですからね、意外と分かるんですよ。

荻野　まだハマらない。あ、ハマった、って。

志ん朝　え、そうです。だから、喋ってると、そこんところが気になって、自分が目茶苦茶になってもいけないから、もうこうバリアーを張りましてね。具合悪く客席のほうへ目が行ったときには、ピントをぼかして、とにかくお客の顔を、はっきり見ないように心掛けます。

荻野　ソフト・フォーカス。デビッド・ハミルトンの世界ですね。

志ん朝　そうそう（笑）。そういうふうにして喋ってないとね、それはもう生ですからね。最近は滅多にないですけれども、かなりへべのレケのお客様が入ってきたりしたときなんかもねえ、大変です。しょっちゅう危険にさらされてる感じですよ、あたしらは。だって弱い商売なんですから。ただ喋ってるだけの芸事なんて、こんなに頼りないのないですよ。音が入るわけじゃない、立ち上がって踊るわけじゃない。ただ出てきて、ぼそぼそ噺を聴かしていくんだから、子供を遊ばしてんのとおんなじ。しょっちゅう注意を向けてなきゃいけない。向こうを向きそうになると、パンパンと手を打って、アアアーァッて子供をあやすようににゃんなきゃねえ、この辺がもう非常にハラハラドキドキ、体にはやっぱりよくないですね。

ただ、それがうまい具合に演じられて、お客様も喜んでくれたときには、すごく気持ちがよくて、つかえがスーッとおりる。そのときは、体にいいかなと思います（笑）。反《そ》れて下りてきたときには、もう胸の辺がぐじゃぐじゃ。もう寿命を縮めます。

大勢でやるお芝居なんかの場合は、団体のお客様が入って弁当なんか食べて愉快にお騒ぎになっていても、「今日のお客は賑やかだったねえ」で済んじゃうけど、独りで直《じか》に相手にして演ってると、これは、お芝居と違って、かなり辛いところがありますねえ。

前の芸人が、漫談なんかでお客様をワアーと沸かした後、やっぱりおんなじようにくすぐってお客様を笑わすこともありますけれども、全体を見なきゃならないところがあるんですよ。あたしの考えではね、お客様が、「この落語家」とお目当てで入ったっていう以外は、ある程度バランスを考えないとまずい気がするんです。そういう高座が立て続けにあった後は、そろそろまともに演んなきゃと、大袈裟な言い方すりゃ、犠牲的精神といいますか、受けないの覚悟でガッと演ることもありますね。そういう格好で割り切って演ったときにはいいんですけど、そうでなくて、何気なしにフッと上がって、自分を過信して普通の噺でスッと入って、パァッと蹴られたときには、あー、やっぱり前の奴とおんなじようなこと演っときゃあよかったなと思うことはありますね。そんときは、噺がさげに行くまで長いですね。早く下りたいなあと思うけど、長い（笑）。

荻野　寄席で楽しいなと思うのは、若い前座さん。見事に蹴られちゃって空回りして本人もどうしていいか分からなくなって、だんだん声が上擦ってくる。最後になると、お客さんのほうも、早く無事に終わらないかという祈りで満ち満ちてくる。

志ん朝　まったく昨日まで何にも演ったことのない若いのが急に前座になって、最初に上がれって告げられる。「ちょっと覚えただけです」「いいから、上がれ」なんて言われて、上がったのも全部、変な言い方すりゃあ、入場料の中に入ってますからね、そいつの分もね。だから、こっからこの線はプロなんですよって線が引いてないから、そういう子が出てって、やっぱり大変な思いをして下りて来る苦労っていうの分かりますよ。体じゅう汗だらけ。暑いからじゃないんです。ほんとに冷や汗ってのは出るんですよ。どうしていいか分かんなくなっちゃうんですね。お客様の前で自分の仕事で恥をかくぐらい冷や汗をかくってえのは、ほかにないでしょう？

荻野　やっぱり大きい意味では受けるということを考えて私なんか、書きますけども、反応が直じゃないんです。伺っているとほんとにだんだん頭が下がります。

志ん朝　いえいえ、そんな、たまたまそういう職業だっていうだけの話ですね。寄席の楽屋ですと、ネタ帳っていうのがあって、前の方が演ったネタがずっと書いてあるわけですよ。おんなじものがつかないようにね。そうすると、同じ噺はもちろんのこと、ジャンル、高座の時間の長短、季節、いろんなことから、自分の持ちネタがどんどん減っていっちゃうんですよね。これしかねえかな。でもこれはしばらく演ってないから避けたいのもあるんですよ。口慣れた噺をやりたくなってしまう。そういえばしばらくこの噺さらってないなあ、というときにつくづく思うのは、便利な薬。『火焔太鼓』って薬をポンと飲むと、もう知らん顔してててもパァーッて『火焔太鼓』が喋れるっていう薬がないかねえという話をしてたら、それより入り口で客に入場券の半券もらうときに、笑う薬を注射しちゃったらどうだって。「あ、駄目ですよ。お客さんまだ打ってないから駄目」って、プスゥとやると、芸人も楽だろうなあ（笑）。

荻野　小説も、それできますよね。紙に薬しみ込ませておく。

志ん朝　古本はお店のおやじが毎日はたきかけながら、シュシュシュシュシューッとスプレーを（笑）。

破天荒な想像力に学ぶ

荻野　私の先生でブロック・坂井さんてフランス人なんですけれども、その方のお嬢さんが、あちらで落語についての論文で博士号をお取りになりました。そのうち、フランスで落語が流行っちゃったりしませんかねえ。

志ん朝　フランスにないのがおかしいぐらいなんですよね。漫談はあるみたいですね。小さい寄席でした。小さいステージのあるお店で、飲み物が出て聴いたことがありますけれども、フランス人には大変に受けてました。

荻野　人々の前で物を語り、それが文学の基になっていく。その原型が日本では洗練されて上手に保存されているのかもしれないですね。もともとあった基本を見捨てないで、保っていくのが日本の得意技。相撲だって考えてみると、朝鮮やモンゴルやどこの国でも、やってたわけです。あれは国技だって考えないと、裸のおっさんが投げ飛ばし合ってるだけでございまして、けっこう形としては、大昔のままだと思うんです。レスリングに進化したお仲間から比べますと、進化前の形を洗練させて文化にし上げたという印象を受けます。

志ん朝　これからあたしなんかのやれることは、それをそれこそ受け継いで後輩に残していくっていうことですね。

荻野　世界的な貴重な財産だし、文学でいうと、現在一番足りないものがぎっしり詰め込まれていると思うんです。特に疝気の虫とか、暗闇に蔕《へた》は、破天荒な想像力の賜物であると思いますし、あんな変な奴らがいなくなると淋しいですね。

志ん朝　ええ、ええ。

荻野　さきほど『二番煎じ』が出ましたが、師匠の『化物使い』も大好きで。

志ん朝　あ、そうですか（笑）。

荻野　あのご隠居っていうのは、普通に純文学で書いちゃうと、三年間仕えた杢助にまで見捨てられて、化物屋敷で一人逼塞して、寂しい晩年を送らなきゃいけない。しかし、落語だと、化物に君臨し、こき使っている。実際の表文化だと、「お前は、もうどうしようもないよ」って言われた人たちが、ご隠居といい、佐平次といい、ヤケクソで大活躍しちゃう。ああいう人たちに活躍してもらわないと、人間界も面白くないいんじゃないかと思います。

志ん朝　そうですね。まったくおっしゃるとおりです。そういう見方をしていただいてるっていうことは、心強いですよ。

荻野　あのご隠居はいいですよねえ、友だちには欲しくないけど。

志ん朝　アッハハハ。

荻野　自分の祖父でも嫌だけど。

志ん朝　そう。どっか近所に住んでてもらいたいですね。

荻野　落語には、親兄弟には欲しくない、友だちにも嫌だけど、ご町内に住んでて欲しい人たちがいっぱい出てきますよね（笑）。

志ん朝　昔はやっぱり、実際に変人が多くいたんでしょうね。すごい信念を持ってね、ええ。志ん生のくすぐりは、変なことを考えてもらうように、もらうように持ってってますよ。だから言った一言だけでは、そんなに面白くないんだけど、それを聴いた方が想像して笑っていく。もう一つ想像してまた笑う。私のスケールでいうと、上質な笑いなんだと思うんですよ。

荻野　『疝気の虫』でも、疝気の虫を勝手にいろいろと想像できます。

志ん朝　そうですよ。こっちの人とこっちの人と、みんな違うんでしょう、頭ん中で描くのはね。

荻野　要はその想像力のツボの押さえ方なんでしょうか。

志ん朝　文学もそうだろうと思います。だから、うんといっぱい説明があるのは、面白くないし、辛いし、読みにくい。スゥーとした文章で、そこからフワッと想像ができる。読んでるうちに、どんどん頭の中に絵が独りでに描けていくのが、一番素晴らしいんじゃないかなあ。

荻野　有らぬことを考えるというやつですね。

志ん朝　それが大事なことなんでしょうね。

荻野　いま有らぬことの居場所が少ないようで、なんかつまんないですよね。有ること有ることばっかりで。

『鬼平犯科帳』を噺のネタに

荻野　師匠は都々逸はもちろん、ド抜きのほうもお得意だそうで。何ですか四十歳過ぎてからドイツ語を習得されたとお伺いしましたが。

志ん朝　いやいやいや、誤まった情報が方々に流れて困っちゃうんですよ。習得なんか誰がするもんですか。いや、高校が独協だっただけですよ。出来るわけない。そんな才能があったら、噺家になってないと思います。テレビ局の仕事で、いまから二十年ぐらい前に、初めて外国へ連れてってもらいました。一週間ぐらい経ったときに、スイスのベルンで「今日はお休み。みんな自由時間ね。それぞれ好きなことを」っていうんで、これはありがてえなと思って、昼間っから酒飲んで、寝てたんですよ。そしたら電話がかかってきて、英語ですけれども、なんだか言葉が分からない。それで、部屋を逃げ出して外へ出たら、また街角でも話しかけられて、どうにも弱っちゃった。これは外国へ来るときには、言葉を勉強してこなきゃ駄目だなと悟ったんです。英語はもう随分遠ざかってて、ドイツ語は高校三年まで、ちょこっとでも、何しろ第一外国語でやってたから、これが思い出すのには、一番手っ取り早い。改めてカルチャーセンターに通いました。ただそれだけです。あとはテキストで独学ですけど、ある程度まで行くと、そっから先、どうしても進まない。人に訊きたいんだけど、それもできない。先生がいないと、どうしても駄目。こういうときに、あ、先生って必要なんだと気づきました（笑）。

まあ、難しい話はしないようにしますから。ええ。思ったことは何でもドイツ語で言えますよって胸を張ったら、みんな感心してましたけどね。言えないことは思わないようにしております（笑）。

荻野　ドイツ語で黙ってる。

志ん朝　そう。だから、汽車旅行なら、コンパートメントで同席したおばさんなんか興味深げにこっちをじっと見てるのが一番危険なんですよ。察知すると、すぐ寝ますね（笑）。入ってきた当座は、雑誌かなんかめくってるんですよ。こっちも窓から景色を眺めてる。フッと目をやると、雑誌のページが少なくなってくる。あ、もうそろそろ来るころだなあとこっちは観念して目つぶるんですよ。一ぺん、目開いてて大変な思いを味わったことがあります。また向こうが辛抱強いんです。こっちが「ウー、ウー」って言い淀んでると、ジィーッと待ってるんですよ。もう疲れて疲れて、それからはなるべく乗り物では目をつぶっておりますね。

荻野　あちらのご婦人がまたよく喋りますからね。私、語学は英仏だけなんです。ドイツ語は全然分からなくて。

志ん朝　いいや、もうそんな、とんでもございません。あたしは、楽器を演奏できる方と、外国語を一ヵ国語でも堪能な方に、憧れますね。それから高い所が怖くない人とかね。ポーンと、とんぼを切る立ち回りの人なんか羨ましい尊敬しちゃう。一つでもできないかなあと思うんだけど、何もできない。自分の年齢を考えて、あと何年ぐらい脳細胞が新しいことに対応してくれるだろうと一生懸命考えて、「よし、じゃ、ドイツ語をやろう」てんで、何年か前、また勉強し始めたんですけど、やっぱりなかなか入ってかないんですね。それは記憶力が鈍るだけじゃなくて、いろんな部分が疲れてきて、理解力はあるんだけど、興味を示す気持ちが、弱まるんでしょうかね。情熱がなくなるっていうのかなあ、ハキハキしなくなっちゃうんですね。

荻野　語学は出来る人がそばにいればいいだけのことですよ、あれは。

志ん朝　魔法を使うのと同じぐらいに不思議に思いますよ。

荻野　師匠の場合は全部落語のほうに栄養が廻ります。

志ん朝　いや、滅相もない。

荻野　ほかにも写真ですとか、車ですとか、いろいろと凝っていらっしゃるそうで。

志ん朝　今それが一番自分の中で嫌なんですがね、感動しなくなって、なんか嬉しくないんですよ。しかし、前に対談のお話があったあと、荻野さんのご本を手にとるようになり、それがきっかけでまた本を読むようになって、非常に楽しみになりました。以前にスパイ小説が好きでしたから、ヨーロッパを駆け巡るスパイが登場すると、夢がパァーッと広がったりなんかして、本を持って蒲団の中に入ったときに、喜びがゆっくりと湧いてくる。それがちょっと蘇ったような気配なのは、あたしにとって大変にありがたいことでございます。

荻野　……（両手を上げて万歳）。

志ん朝　いえいえ、ほんとにそうです。とりわけ日本の作家を読まなかったです。

荻野　小説を読まれてて、お噺なさるときに、なにか触発されることはあるんでしょうか。

志ん朝　それはありますよね、ええ。ほかからいろんなものを取り入れようとは思ってやらないんですけど、お芝居なんかで教わったことが、自然に身につくことはありますね。たとえば落語には上下《かみしも》というのがあって、それで人物をいろいろ演り分ける。と同時に、聴いている側から見て、位置関係がよく分かるようにする。二人きりだと、何の問題もないんですが、三人が四人になり、五人になりって増えていった場合に、どういうふうにやったら一番聴き手がまごつかなくて済むかなと思案します。舞台を思い浮かべて、ここに隠居がいて、あ、そうか、こういう建物、で、こちらから入ってくると、こうなんだな、ああなんだなというのが、自然のうちにできるようになったと思いますね。

また本を読んでて、これ噺にしてみたいなあっていうのは、たまにぶつかることがありますねえ。池波正太郎先生の『鬼平犯科帳』の中の短篇なんかにはよく、「あ、これなんか噺にできるな」ってものを見つけたりしますよ。なかなかやりませんけど（笑）。

荻野　拙作もそのうち、よろしければお仲間に入れてやってください（笑）。

（1994）

落語も人物を描かなきゃ……

江國滋と

江國滋（えくに・しげる）
一九三四年生まれ、九七年没。
エッセイスト。
『落語手帖』『日本語八ツ当り』など。

江國　今日は芸談ということなんですが、改まって志ん朝さんとこんなふうにさしでお話しすると、照れるというか固くなるというか（笑）。

志ん朝　知り合ってからずいぶんたちますからね。昭和三十七年に、わたしが真打になって志ん朝を襲名する、その前からですから。

江國　私は東横落語会[1]の企画委員を長く務めていたんです。東横落語会は古典落語だけ、しかもそのときの厳選したレギュラーメンバーだけを集めてという趣旨で昭和三十一年の五月から始まって、六十年の六月にあの劇場が壊されるまで二百九十四回続いたんです。その第一回から最終回までのプログラムの資料があるんで、ふっと思いついて、この対談の前に調べてみたんですよ。志ん朝さんはまだ朝太のときに、昭和三十三年にはじめて東横に出ているんですよね。朝太で五回出て、あとは志ん朝になりまして、最終回、昭和六十年に『火焔太鼓』[2]をやっていただくまで、数えてみたら六十七高座出ていただいたんです。

志ん朝　そうですか。でもあれですね、朝太のころに出たときの感激のほうが強いですね。やっぱりその当時憧れていた最高峰のメンバーですから。志ん生[3]、文楽[4]、圓生[5]、小さん[6]、三木助[7]がレギュラーでね、たまに先代の金馬[8]師匠が入るぐらいで。そりゃあ「ここに出たいなあ」という気持ちはだれにでもありましたですよ。

江國　ちょっと確かめたら、六十七席のうち、ダブって演じている演目を見てみると、三回出しているのが『船徳』[9]。ただしそれは、〝黒門町[10]〟を偲ぶとか、「江國滋選」とか、つまり自分の意思ではなく、ぜひこれをというのがあるから『船徳』が三回あるんです。あと、二回出しているのが『明烏』(11)『碁泥』(12)『三枚起請』(13)『火焰太鼓』。

志ん朝　そうですか。『三枚起請』はよく出しそうだな。

江國　あとは全部サラというか、変えているんです。あれは自分でメモか何かしてたんですか。

志ん朝　いやあ、してませんね。だいたい自分が前にやったものというのは、資料を見せてもらって「これ、出てますか」と言って「出てないですよ」というので出してったわけですよ。ということはやっぱりあれですね、ほんとに自分の得意ネタがまだないってことなんですよね。ダブってやっちゃまずいな、新しいもんでないと、という気持ちでやるんでしょう。

昔から、だれそれはネタが豊富で、前やったものをもういっぺんやるってことはなかったというふうに褒められる方と、この咄ばっかりをずーっとやってたよという褒められ方とありますよね。あたしなんかは、おんなじ咄を何回でもやるっていうのに憧れるんです。それは何なんでしょうかね、やっちゃえば大丈夫なんだと思いながらもね、どうもやっぱり違うもののほうがお客さんが興味を持って聞いてくれるかなと思っちゃうんですが、自信がないとできないですね、おんなじ咄を何度もは。

江國　それは言えてますね。

志ん朝　長崎でやってる落語の会があって、あたしも年に一回、必ず呼んでいただいてるんですが、そのメンバーの中に大阪の文枝[14]師匠が入ってて、来るたんびに『立ち切れ[15]』をおやりになるんです。それはお客さまの要望で、小文枝のころから、長崎へ来ると必ず『立ち切れ』をやってくれるように頼まれるそうなんです。師匠はほかのものもやりたいんですが、必ず一席は『立ち切れ』ですよ。これもすごいなと思ってね。

江國　いまの話を聞いて思い出したのは、お父上の志ん生さんが小泉信三[16]先生の座敷に行くと、まっ先にハンカチ出して「あれをやってくれたまえ」というんでいつも志ん生さんが『冬の夜に』という大津絵[17]を唄ったというのと同じ感じですよね。

志ん朝　あれもすごいもんですね。そういうふうになればいいとは思うんですがね。最近のお客様の傾向でね、若い人なんかはマニアと称する人たちがいて、そういう人たちがたまにそういう聴き方をするんです。これ、聴かれるほうはイヤなんですよね。あるところで昼夜二回やることになって、昼間やって、夜はまた違うものをやることになっていた。噺に入る前にちょこっと昼間も言ったようなことを言ったら、一番前で、昼間も聴いてた若い人が、すごく顔をしかめたんですよ。それでわたしもなんか反抗的になっちゃってね(笑)。

その会にこのあいだも行ったんですけど、事前に、「昼夜とも同じネタをやります」と入口に書いてくれ、と言ったんです。ところがチラシには書いてなかったんですね。だから何十人とかいってましたけど、知らないで昼夜お入りになった方がいた。もしもその人たちから文句が来たら、まことに申しわけないけどわたしのほうで切符を買い取らしてほしいと頼んだんです。「そういたします」と言ってましたけど、一人もそういう方がいないで、夜も聴いたというんです。同じ出しものですよ、と言ったら、いいんだ、昼間とどういうふうに違っているか、それを聴きたいと言ったそうなんです。そういうの、なんかとってもイヤなんです。僕は。

江國　なるほどね（笑）。

志ん朝　うれしい反面ね、つらくなってくるんですよね。歌なんかだったら何度聞いてもいいんだけども。いまの言い方でいえば〝追っかけ〟が来てて、その人たちがとにかくメモしたりするんですよ、何を書いてるんだか知りませんけどもね。そうすると、「この前あそこに行ったとき志ん朝がこういう咄をやった。あそこでもってサゲを間違えたの知ってる？聴いた？」「いや、聴いてない」「おれ聴いたことあるの」って、それはもう自慢なんですよね。たとえばいまは上野と新宿の寄席をかけ持ちということが落語協会ではあるんです。上野をやってから新宿のトリへ行くんですが、両方をかけ持ちするお客がいるんですよ。そういうのはあんまりうれしくない。贅沢だとは言われるんですけどね、そこまでこだわりを持たれるとね、つらくなるんですよね。

江國　でもそういう客はいまに始まったことじゃなくて、昔からいたでしょう。

志ん朝　いたらしいんですけど、そんなには来てなかったんじゃないでしょうか。好きでしょっちゅう来るとはいってもね。それから、昔のお客様はそういう人にかぎって遠慮がちに後ろのほうで聴いてたりしてたんですが、いまは違うんですよね。昔の大学なんかの落語研究会の人たちってのは、結構後ろのほうで聴いてたんですが、いまの落ち研は一番前に来ちゃったりするんです。そこの席をお年寄りにあけてやるとか、そういうのはない。

江國　聴き方もマニアックな聴き方をしますね。

志ん朝　とんでもなく遠くまで来たりなんかされるとね、ちょっともう勘弁してよ、となっちゃう。いい若い者が土曜日の晩に寄席なんかに来て、それもたまにならいいけどのべつ追っかけてでしょう。今夜あたり女の子と酒でも呑んでたらどうなんだろうと思っちゃうんですよね。

江國　そういう人は楽屋に会いにきたりはしない？

志ん朝　楽屋にはきませんね。そのかわりに「きょうもあたしは来てますよ」というのを演者のほうに見せるようなところがあるみたいです。わざと一番前の真ん中にいてみたり。

江國　古い言葉だと「秋波を送る」という感じだな（笑）。

志ん朝　なんかこっちの了見見透かされるようなね。やっぱり芸というのはあんまりしみじみ観察されるとやりにくいもんです。しょせんはごまかすものですから。だからそこんところをじーっと科学的な目で――本人は科学的じゃないのかもわかんないけど、見られると何だか困りますね。

十八番しかやらなかった文楽

江國　東横落語会の出し物が志ん朝さんは重複しない話を最初にしたわけですけれども、一度出した話は五年はかけないという人と、同じ話ばかりやる人がいるということで言うと、具体的にいえば、一方が柏木の師匠、三遊亭圓生さんで、片一方の雄が文楽さんでしょうね。いまの話を聞いて、せっかく東横落語会の全プログラムをチェックしたんだから、文楽さんの重複の度合いを調べてきたらおもしろかったですね。あの方はもう――。

志ん朝　十八番（おはこ）しかやらない。ご自分でもそういう話をよくなさってたけれど、わりに冒険をなさらない。それを亡くなった弟子の圓蔵師匠[18]が「師匠は〝フグは食いたし命は惜しい〟ということですか」と言ったら「そうだよ」っておっしゃったと言ってました。

江國　文楽さんのように、同じ咄を徹底的にそればっかりやるというのは、よほどの自信がないとできないでしょうね。

志ん朝　そうですね。さっきの話に戻りますけど、昼夜同じ出し物をやって、両方ともマニアの人たちが聴いてたんですが、変てこですよ。受けるのでも、半分くらいワーッと笑ってあとの半分は笑わない。でもずーっと同じ話を二席やったんですけどね。

江國　ちなみに出し物は何ですか。

志ん朝　夏だったので『へっつい幽霊[19]』と、それから『酢豆腐[20]』をやったんです。まあまあ何とか聴いてもらえたんでよかったなと思いましたけど。「こういうものなのか、文楽師匠がしょっちゅうおやりになるときの感じとしては」と思いましてね。結構自信はつくような気がしますね、やっちゃえば。まあ、芝居なんかだと、たとえば耳に入ってくる科白の調子のよさとか、うたいあげていく感じがありますよね。歌舞伎なんかだったら名科白とかね。

江國　そう、そう、様式美みたいなね。

志ん朝　「何度聞いても酔うね、あの人は」って、これはわかるんですよね。咄はべつにそうじゃないから困っちゃうんだね。ネタが割れちゃってるから、さっきやってまたやるってぇとね。おんなじようにトボけたりするのもつらいもんですよ。

江國　それは同じ咄どころか、全体の番組を考えるときに、似たような咄が出るのもまずいですよね。〝ネタがつく〟といって。意外なものがつくんですよね。

志ん朝　そうなんです。

江國　やっぱりやりにくいものですか、うっかりついちゃった場合。

志ん朝　やりにくいですね。先にあがったものが勝ちというけど、ふっとそこのところで気がついたときに遠慮しちゃいますね。

　前に談志(21)さんの独演会に助《すけ》で出ることになったら、主催者が出し物をあらかじめプログラムに刷るというんです。それで二つ出したら、こっちがいいと談志さんが『船徳』を選んだ。彼は『三人旅(22)』をやることになっていたんですが、そうしたら『三人旅』の馬のところで

『船徳』の（体を前後に揺らして）この動きとつくんですよね。片一方はびっこ馬ですね。「（同じ動きで）何だか知らないけど頭が落ちちゃうよ」とかね、そこのところなんかはすっかりついちゃうんです。やってる途中で気がついて、「あっ、いけない」と思って、わたしはそこのところはパパパッと短く端折って、すぐ終わりにしちゃいました。

江國 よく気がつきましたね、全然違う咄なのに。そういう場合の気づかい、気配りというのは、談志さんも楽屋で聞いててちゃんと受け止めてるんですか。

志ん朝 ええ。そのときは彼は客席で聞いてましたけどね、「あれついちゃうんだなあ。いやあ、気がつかなかった」と言って、「悪い悪い」って謝ってましたけど。

江國 ネタの話が続きますけれども、いわゆるおクラにしたネタってあるんですか。これは封じちゃうというか、やめちゃったというのは。

志ん朝 特別はないですね。ただ、意外とやらなくなっちゃったというものはあるんです。

江國 ひとりでにね。

志ん朝 たとえば『高田馬場』[23]ですとかね。クライマックスまでもってくのにものすごくつらい。あれはやはり先代の金馬師匠が巧みだったんですね。あそこまでもってくのが骨が折れるんです。それからやはり金馬師匠の十八番で『佃祭』[24]もつらいです。ドラマチックなところが中盤ぐらいで終わって、サゲのところになってくると急にばかばかしくなっちゃいますからね。あそこを何とか解決できないか、と思って。

江國　そうしてみると、金馬さんは、文楽さんなんかの一格下みたいに言う人がいたけども、あの人の高座もやっぱりすばらしかったですね。

志ん朝　ええ。もう、なんてんでしょうか、志ん生、金馬とこう並べると、わたしなんか好みからいくと志ん生なんですけど、本当にお手本にすべきはやはり金馬なんですね。だからたまにテープを聞いたりすると、「ああ、こういうふうにしゃべれないもんかなあ」と思いますね。

昔は素人と玄人の差がはっきりしてるものというと、相撲取りに芝居、歌舞伎。それから咄もそうだったんです。このごろは、だんだんはなし家の口調がなくなっちゃったんですね。昔は決まったはなし家口調というのがあって、とりわけ金馬師匠の口調なんかははなし家の口調だったんですよ。わたしはそういうものがわりと好きなんで、そうしたいなと思ってるけれども、最近、ここ二十年以上になりますけれども、素人口調というのがはやってきてね。いかにもはなし家らしい調子を嫌った部分が、はなし家の中にもあって。

江國　うん、わかるわかる。

志ん朝　そうすると今度は素人の方とかわらなくなってくるんですよ。そういう意味でたまに金馬師匠のテープなんか聞いてますと、あの口調のすばらしさというのがね。それのどこがいいかというと、まず言葉を正確に整理して話してらっしゃるということ、それから声音ですね。それと調子。この三つがいかに大事かというと、聞いてて楽なんです。スーッと、どんどん入ってくるんです。大げさに言うとうたいあげるんですね、パーッと。これは聞いててすごく心地いいんです。

江國　それの最たるものというと、金馬さんを突き抜けて先代の柳好(25)さんなんかまさにそうですね。

志ん朝　ああ、それはもう絶対にそうですね。耳障りがいいってことは、得ですよ。

江國　あの〝黒門町〟の芸だって、あれは調子ですよね。

志ん朝　もうすごい、すばらしい調子ですね。

江國　さっき志ん朝さんがいみじくも歌謡曲は何度聞いてもいいといわれたけれども、あそこまで行くと歌謡曲と重なってきちゃうんですよね。心地好いんですよ。

志ん朝　そうなんですよ。その調子でもって、いわゆるクスグリの部分にきてパッとやるから、ワッと笑わされちゃうんですよね、ひとりでに。

江國　そうそう。大変な芸ですよ、落語というのは。

志ん朝　わたしはいつも後輩やうちの弟子にも言うんです。しゃべるということはだれにでもできることなんだから、それで人からお金をいただくんだから、しゃべることを、妙な、変わった調子でやるというより、丁寧に丁寧にやることが大事だと思うよ。と。

いま若手の勉強会を落語協会でやっているんですが、後ろで聴いてて、しみじみ思いましたね。いまの若い人ですから、いまのことを言って笑いをとる。それはあたしなんかもよくわかるんです。前の人がすごくウケる。そのあと出てってやる側の人情としては、同じように、あるいはよけいウケたいと思うもんですから、咄に入る前にいろんなことを言っちゃうんですよ。それで咄に入ると、その受けさせたことが仇になることがありますね。何だかわけのわかんないことを急に言ってダメになっちゃうような。やっぱりやってるな、早く咄に入っちゃえばいいのに、と聴いててつらいんですよ。咄に入ってくれると、それだけでもってホッとするんです。

談志は志ん生で、志ん朝は文楽

江國　『東京人』という雑誌の九月号で落語の特集をやっていたんですが、山藤章二さんが「志ん朝と談志」についていろいろ書いているんです。その中に「談志は志ん生の系譜を引いていて、志ん朝は文楽の系譜を引いている」という一節があって、なるほどなあ、そういえばそうかなという気がちらっとしたんですがね。

志ん朝　まあ、談志さん自身、志ん生に対する憧れが非常にありますから。ただ、大変だろうなと思うのは、極端な言い方をしちゃうと、三平兄《あに》[26]さんの芸をそのまんまやるのに似てるところがあるんですよね。というのは、三平兄さんの高座はあの人がやるもんで、あの人そのものですから。志ん生の芸にもそれがあるんですよね。志ん生そのもので。

あたしがいまうちの親父の咄をやるときに一番注意しているのは、このクスグリはおれが言っておかしくないか、ここの調子はあたしが真似て不自然ではないかというところですよね。それは気をつけてます。

江國　やっぱりありますか。

志ん朝　ありますあります。とりわけ親子だからよけいそういうふうに感じたりするんですけど、談志さんにしてみれば、親子でもないし自分の師匠でもない、ただ好きなはなし家であるということから、落語をやるというより志ん生をやることになっちゃう。そうなるとつらかろうと思いますよ。

江國　なるほどね。

志ん朝　僕なんかが見てて、ちょっと違うなと思うのは、志ん生をやるときに、かたちとして乱暴が出てくるんですよね。話したことがないからわからないんですけど、そこんところが少し違いやしないかなと思うんですけど。落語というのは人間の業の肯定だということを彼はよく言うんです。でも、だからといって、イコール乱暴というもんではないとわたしは思うんですが。乱暴なやり方をすると志ん生に近いかなという考えをひょっとすると持ってるかもしれないんですね。僕らが「ああ、すばらしいなあ」と思っていたころの、小ゑんから談志になる時分、あのころのあの人の芸風ってのは、志ん生はやってなかったと思うんです。

江國　そうでしょうね。

志ん朝　あんなすばらしい調子の人もいなかったですからね。それをそういうふうにやらないから、わたしなんかはどっちかというとイライラしちゃうんですよね。やってちょうだいよ、と思うところがあって。いまの若い人なんか、談志に憧れているところがありますから。小朝[27]なんか完璧にそうですよ。それでなったはなし家っていっぱいいますよ、若い人で。だからそういう咄を聞きたいんじゃないかと思うんです。

江國　志ん朝さんは志ん生師匠からはしばしば稽古をつけてもらったんですか。

志ん朝　しばしばというほどではないですけど、あらたまって前に座ってやってもらったというのは、いま僕がやる咄の三分の一ぐらいです。あとは飲んでるときに話が始まるんです、芸談ふうになって。あれはおもしろいですね。「おい、ここはこういくだろ、ここんところはこう」って、そういうんで教わることがあったんです。

江國　それは血肉になったでしょう。

志ん朝　ええ、その稽古のほうがね。それで、先輩のだれそれがここんところをこういうふうにやったんだ、ここんところはこれがよかったんだというふうに芸談から教わったものが三分の一ぐらい。あとの三分の一が、そうですね、親父のやってんのを聴き覚え、あるいはテープ、本、そういうところからです。

江國　テープを稽古に使うようになったのはいつごろからですか。

志ん朝　ずっとあとですね。あたしがはなし家になったときに、もちろんテープレコーダーというものはありましたけれども、いまみたいな大きさのものじゃないでしょう。オープン・リールでもって録音するんですから。だからそういうもんでの稽古ってまずなかったですよね。

僕は最初に正蔵[28]師匠のところへ教わりにいって、あるいは柏木の師匠（圓生）のところや田端の師匠（先代三木助）のところに行ったんですけれども、そんときはテープじゃないです。そのかわり帳面に書きとることはやりました。咄を聴きながらずーっとね。で、帰りに繰り返して見て、わかんないところを、「あれ、ここのところはこうだったかな、これは書き損ねたな」と思って、次の日に行ってその部分だけ気をつけて聴いて。まあ、三回くらいやってくだすった。それでだいたい覚えられますね。

みなさん感心なさるんだけれども、結局前々から聴いてるわけですから、その咄は。聴いてて筋も頭に入ってるし、こういうふうにするんだというのも、その師匠の調子も耳についてますからね。だからあらかた覚えられるんですよね。全く最初の新作を覚えろということになったら、これはなかなか三回じゃ覚えられないと思います。

江國　昔からはなし家さんがいう「三べん稽古」というのがそれですね。要するに要点をおさえるという。

志ん朝　そうですそうです。最初の日にそっくりずーっと書きとってみて、帰ってからそれをしゃべってみて、わからないところをその次に行ったときに補ってというような。

江國　なるほどね。僕も長いこと、はなし家ってみんな頭がいいんだなあ、三べん稽古って、サラの噺を三回聴いて細かいところまで覚えちゃうのかと思って感心してたんだけれども。

志ん朝　いえいえ。

江國　土台があるんだ。

志ん朝　ある程度ね。またいまの人たちと僕らが違うのは、そういう師匠がたの噺にしょっちゅう接してましたでしょう。昔は師匠がたもヒマですから、寄席を休むなんてことがまずない。あれだけのメンバーの顔が全部そろうわけですよ。だから楽屋にいればいやが応でも聴けるわけですよね。

江國　話がかわりますけど、お父上はよく、完全に満足した高座なんて年に何べんもあるもんじゃねえ、ということを言っておられた。どうですか、志ん朝さんは。

志ん朝　やっぱりそうですよね。

江國　そういうもんですか。

志ん朝　きょうは何だか知らないけどひどかったなと思いながら帰ってくると、どうしても顔に出たりする。そうするとカミさんに、「そんな済んじゃったこと、考えたってしようがないじゃない」と言われる。それはそのとおりなんですけど、どうしてもそれにこだわり続けて、あそこんところはなんでこうだろうという反省がすごくあるわけですよ。だけどそればかりだと今度は商売になりませんからね。あしたも行ってやるんですから。その辺を適当に諦めるというか、そういうことをしなきゃなんない。それがいとも簡単にできる人と、ずーっとこだわっちゃってる人といて、うちの親父なんかはそういうのはバーッと諦めんのが早かったですよ。

　それに、そんなにムキになって高座へ出ていくもんじゃないですから。あたしなんかムキになって出てくのが嫌いなわけですよ。スーッと出ていって何かやってるうちに、「あっ、きょうはなんかうまくいってるな」という部分があって、「ああよかったなあ。心配してたのに、こんなにうまくできてよかったよ」というときがあるんです。どうしてなんだかわかんないですけどね。前の晩、遅くまで呑んでてコンディションとしては絶対よくないはずなのに、それにしてはよくできたな、とかね。逆に体調はすごくいいし、自分でも元気だなと思うときにわりに失敗しちゃうこともあるんですね、気負ったりなんかして。

江國　僕は志ん生さんの「年に何べん――」という話は、「ああそうかな」と思ってたんだけれども、僕がこの耳ですぐそばで耳にして、あれはいい言葉を聞いたと思ったのは、イイノホールの精選落語会でしたか、文楽さんを袖で見ていたときなんです。一席終わっておりてきたら、あの黒門町が息をはずませて「きょうぐらいできればいいんだよ、きょうはよござんした、きょうぐらいできればいいんだよ」と袖で待っていたお弟子さんの文平[29]に言ってるんですよ。あの人でもそういうことがあるのかと思って、ちょっとしびれたですね、あれは。

志ん朝　やっぱりただしゃべるだけの芸ですからね、非常に微妙なんですね、出来のよし悪しというものは。

江國　しかも基本的に何をしゃべっても自由というところがあるでしょ。

志ん朝　そうなんですよ。それともう一つは、すぐダメにされちゃうんです。

江國　というと？

志ん朝　たとえばやってるときにね、何か大きな声を出されたりチョコチョコと何かあったりすると、もうそれでダメになっちゃいますからね。弱い芸ですよ。よく何かのパーティーの余興に一席やってくれとか、結婚式で一席とか頼まれるんです。でもそれは必ずうまくいかない。だいたい食べ物が出ているだけでもうまくいかないんですから。

江國　そりゃそうだよね。

志ん朝　そのくらい弱いものですよ、芸としたら。それだけに非常に微妙な違いが毎日あるんですよね。よくだまされるのは、「新年会で皆さんがぜひと言ってるんですよ」というんで行くと、乾杯があってそれからしばらくたってからやってください、と。「えっ、それはできないよ」と言うんですけど、「いや、そんなことありませんよ」「じゃあ、漫談みたいなことでいい？」「いいえ、○○理事長が師匠の古典落語をしみじみ聞きたいと、こういうふうに言ってますから」と言うんですよね。「いやあ、絶対無理だと思うよ」と言うんですが、困りますね。

一番びっくりしたのが新年の名刺交換会。中華料理でね、お運びの人がいろいろ運んでくる。テーブルを回しながらお酒やつまみもとってるでしょう。酒が入ってるからワイワイガヤガヤ。もう聴くわけがないんですよ。客の反応でやってる芸でしょう。聴いてもらってないというのが何よりもつらいんですよ。

江國　むなしくなるでしょう。

志ん朝　ええ。まあでも、やっかいな芸ですね。もの真似のうまい人なんか見てるとうらやましいですよね。パッとウケますしね。同じ咄をやるんでも、かつての三平兄さんみたいにね、出ていってワーッと客に話しかけて、何いってるんだかわけわからないけどワーッと笑いに引っ張られていくというような。転んだりいろんなことをして。ああいうふうになるとそういうところでも大丈夫かなと思うけど、まともに咄をやったら絶対にダメですね。

江國　そうでしょうね。いわゆるお座敷なんていうのは演者の側としては、逆の意味であまりやり心地いいものじゃないんじゃないですか。

志ん朝　あんまりね。むずかしいんですよね、高座があるようなところはまだしも、それがないところが多いですからね、お座敷は。それで「さあ聴いてやろう」とお客様がいらっしゃって、人数が多ければいいんですけど、小人数だとね、何だか変てこなもんですよ。親父はよく呼ばれていったけれども。また親父は座敷がうまいんですよ。というのは、稽古って、稽古つけてもらってるほうは笑わないんです、覚えようと思うから。ところがうちの親父の稽古って笑っちゃうんです。笑っちゃうんで、なかなか覚えられない（笑）。何だか知らないけどおかしくって、クスクスといっちゃうんですね。だから座敷が多かったのがわかりますね。

それと、はなし家にはわりに多いんですけど、とりわけ志ん生にはそれがあったんですが、照れがね。照れがすごくよかったわけですよ。とりわけ座敷んときなんか、「こんなところでやんの、ほんとイヤだなあ」というね。そういうときはなかなか正面が切れなくて「ウーン――」と言ってる、それがね――。

江國　逆にね。

志ん朝　ええ。いいということがあったみたいですね。

江國　なるほどね。

志ん朝　正々堂々と「これが芸でございい」というところが全くなかったから。だからあたしがカバン持ってついてって、座敷のこっち側でもって聴いてるときなんか、やっぱりそうですよね、フワフワワフワワと――。だから聴いてるほうも楽なんでしょうね。気負って出てきて「さあウケさそう」と思ってなんかこうされると、弱っちゃうことってありますからね。とりわけ日本人はそういうのは苦手ですからね、聴くほうも。

江國　お座敷にはなし家さんを呼ぶというのは、いってみればヨーロッパの十九世紀の音楽のサロンみたいなものですからね。三人とか四人とかで座敷で一杯やってて、当代一流のはなし家さんを呼んで聴こうというのは、僕みたいな貧乏性の人間にはいたたまれないですね（笑）。

ものすごく失礼な質問をするんですけれども、古典落語の同じ咄をずーっとやっていて、さっき言われたように弱い芸だし微妙な芸だし、百回やれば百回違うということは分かりますけれども、同じ筋、同じギャグ、同じクスグリというパターンでやっていって、落語に飽きちゃう時期ってありません？

志ん朝　うーん――。

江國　つまり漫談だったら時々刻々やれるでしょう。

志ん朝　そうですね。でも、どうですかね、やるものがなくなって困っちゃうということはあるんです。「これもおもしろくねえな、これもつまんないなあ。これもなんか気が乗んないな」というようなことで、やるものがなくなってっちゃうということはあるんです。それが飽きるということではないんでしょうが――。

江國　そうか、それはちょっと違いますね。

志ん朝　まあ、今まではないですね。幾つかのネタをそればっかりやってると、しまいに飽きると思うんですが。ただ、いつもお客の反応を頼りにやってますから、反応のあったときとないとき、その違いでね。反応がすごくよかったときは非常にうれしいし、よかったなと思うし。そういうことが原因で飽きるということはないですね。逆に、だれもいないところでワーッとしゃべっていたら、飽きるということはあるかもわかんないですね。だから全く笑わない客を相手に同じ噺を何度も何度もやってたら飽きるということはあるかもしれません。ただそうなると、今度は何とか笑わしてやろうという気持ちになるから、飽きることはないんじゃないかと思います。

江國　スランプはありますか。

志ん朝　それはあると思います。

江國　さっき言われたように、家に帰ってきて、奥さんが顔色を見て、という時期がちょっと続くということはありますか。

志ん朝　はい。そういうときは自分で噺がつまらないんですよ、飽きるというより。どの噺もおもしろいと思わない、つまんないなあ、つまんないなあ、が続きます。ただ、それがちょっとよくなったときには、これっぱかりのつまんないと思ってた噺でもお客様が非常に喜んでくれて、「ほう、前はこうできなかったのになあ」と思うような、自分なりの進歩みたいなものを感じて喜ぶということはありますから。だから飽きるということはないんでしょうね。飽きたときにはかなり上達したり進歩したりしてるんでしょうね。

志ん生から教わったこと

江國　僕は志ん朝さんの十八番の『火焔太鼓』とか『船徳』とか『品川心中』[30]だとか、あそこは親父とはここが違うんだとか、そういう話を聴きたい気がするんです。『火焔太鼓』はお父さんから直に教わったんですか。

志ん朝　最近、あたしの咄と親父のを較べてみて、これは人物が出てない、と思うようになったんです。落語というのは呼吸と調子でもって笑わしていくだけで、そういうものはいらないんじゃないかと長いこと思ってたんですけど、十年位まえから、「いや、そうではないんだ」と思い直した。そのきっかけが『火焔太鼓』なんです。

教わった当初、志ん朝になってから間もなくのころにやってて、そのときに自分でも夢中でやってたせいもあるんですが、お客さんも喜んでくれて、受けたし、とてもよかったんですよ。

ところが、あるときからどうやってもおもしろくなくなっちゃったんです。どういうふうにやろうが何だかあまり受けないし、やってる自分も乗ってこないんです。なんで親父みたいにいかないんだろうなあと思ってね。そんときに親父と自分の違いをテープを聴きながら考えたんです。親父のもあんまりいい出来のはないんですが、でも「ああそうか」と思ったのは、『火焔太鼓』の道具屋の人物が、うちの親父の咄を聴いてるとスーッと浮かんでくるんですよ。とてもおかしい人間でね。あたしの場合、調子で笑わせようとか、あるいは妙な口の利き方だとか、すっとぼけた声を出すとか、ほかのことで一生懸命苦労してやってたんですけども、「なんだそうか、これはそれなりの人物が出てないのが笑いに結びつかないんだ。だから言うことがなんか不自然になるんだ」と。そう感じたら、とたんに親父の言ってるクスグリが全部言いやすくなったんです。

たとえば、道具屋がカミさんに脅かされて、ちょっと行くのがイヤんなって、「むやみに儲けよう儲けようと思うと、おまえさん、しくじるんだよ」「そうか、うー、わかったわかったよ」って、そういう気の小さいところがあって、それでもカネが欲しいから太鼓かついでいくでしょう。で、カミさんに言われたことが頭をよぎってね、「ああそうだ、ここでしくじっちゃいけない。縛られるといけない」とか思いながら行くと、よけい太鼓がきたなく見えてくる。それで心配になるから、殿様に見せられない。といって、そのまま持って帰りたくない、金にしたいから、「あなた買ってくれませんか」という、そういうクスグリやなんかは人物を考えると、自然に、何の抵抗もなく言えるんですよね。

『火焔太鼓』という咄はそういう意味でむずかしくてむずかしくてね。亡くなった柳朝[31]兄貴とか、ほかの人もおやりになるんですけど、皆さんやっぱりむずかしいとみえてね、かなりめちゃくちゃに乱暴にやるんです。やっぱり志ん生と同じになっちゃいけないと思うんでしょうね。

僕は逆に、親父のあの人物の描き方ってのはすばらしいもんだなと思ってね。小僧の年をごまかしたりね。ああいうふうによく考えて、人物を出さなきゃいけない。そうすれば自然にそういうせりふが言えるし、誇張もできるんでしょうね。

江國　そうですね。志ん生さんというと、ひと口に「ぞろっぺえ」「草書の芸」とか「八方やぶれ」とかいう形容でくくられちゃうけど、そんなことないんだよね。ある意味では神経質でしたね。

志ん朝　それとね、非常に言葉を大事にしてて、きたないことを言っちゃいけない、と。うちの親父は「女郎屋」ってのはあんまり言ったことないんです。『品川心中』なんかでも、「品川の新宿に白木屋という貸し座敷がございまして」と言うんです。

それからね、暑いときでも自分の高座の扇子を広げてあおいでるのを見たことないです。楽屋でですよ。高座では仕種としてやりますけど。

江國　ああ、楽屋でね。

志ん朝　何気なしにあおぐということをしません。それから白足袋をはいちゃったら、絶対にはばかりに行かなかったです。これは高座にあがるもんなんだからというのでね。いまはほかの人を見てると、かなり偉い人でもみんなやってんです。わたしもだんだんそういうのが気になり出してんですけどね。たまにズボラしちゃうこともありますけどね。もう一回全部脱いだりとかいうのは大変なんで。そういう点は結構神経質だったですね。

若い人の噺を聴いててあとで合評会をやると、よく言うんですが、噺は、調子が大事なんだけど、全体の中で一本調子になったらまずい、と。強めるところと弱めるところがあるんですよね。場面転換。飽きないようにするにはそういうことが必要ですから。うちの親父なんかは、それがうまいんです。何でもないんですけど、たとえば『言訳座頭』[32]なんか暮れの噺なんですが、「すいませんけど、借金とりが来るんで断っていただけますかね。断りにいっていただけますか」「ああ、わかった、じゃあ行きましょう」とサッと出て、路地から広い道路へふっと出るところがあるんです。そうすると「おう、冷たい風だねえ」と、ただひとこと言うんです。そうするとそこにはパッと絵が出るんですね。

本にはそこまで書いてないですよ。それはそのときの親父の気分でもってやるんですから。そうすると目の不自由な人でも、風でもって広い通りに出たというのを感じるんですね。細かいそういうところはものすごくうまかったですね。調子をパッとかえるところとかね。

江國　わたしも志ん生というと、ぞろっぺえ、だけのくくり方は絶対間違ってると思ってたんですよ。どっちかというと小心者だった？

志ん朝　ほんとは小心者だったんでしょう。だけどいろんな目に遇ってきて、ヤケが手伝って度胸がついた（笑）。

江國　『明烏』は〝黒門町〟にじかに教わったんですか。

志ん朝　いいえ。『明烏』は志ん生に稽古をつけてもらって。参考にはずいぶんさせていただきましたけれども。

江國　『船徳』は？

志ん朝　『船徳』もそうです。

江國　黒門町からの直伝って何か。

志ん朝　一席もないです。あの師匠は稽古はしてくださらない方と、てんから諦めてましたから。だからたぶんお弟子さんなんかも教わってないんじゃないかと思います。

江國　文平さんなんかも。

志ん朝　たぶんみんな聴き覚えだと思います。いわゆる盗んだ芸ですよね。それが普通だったんですよ。師弟だからといって、必ず稽古をつけるということはなくて、どっちかといえば文楽師匠には「はなし家はこうあるべきだ」ということなんかは非常に細かく教わりました。彦六師匠(33)に聴いたんですけど、昔のはなし家たちは、速記者が脇でメモとってると、いまでいえば録音をとりにきているなというふうになると、大事なところをわざと抜いてやるとかって。「だから本はあてになんないよ」とよく言ってました。そのぐらい、自分の芸にはこだわっていたようですね。それはもっともな話なんですけどね。

これ、聞いた話なんですけど、うちの親父が楽屋にいた時、だれかがおりてきて「おい、あのクスグリ、どうしたんだい？」と言ったら、「えっ……」と相手が言いよどんじゃった。そうしたら「あれ、おれが考えたクスグリなんだから、やんないでくれ」と言ったそうですよ。端からひょいと聞くと「なんだ、了見が狭いね」とか思うんだけど、よくよく考えると、それがめしのタネなんだから。人のをちょっと借用するってのは、一番いけないことなんだということをよく親父は言ってましたね。「この咄ん中にこっちのクスグリを入れちゃいけない。このクスグリは本来この噺の中にあるもんだ。それを知らないで、あとからあがる人があがってやったら、先にそこんところをやられたら、もうウケないじゃないか」ということでね。マナーとしてやってはいけないということをよく言ってました。

その実、親父がよくやってたのが、小噺をワーッと並べるんですよ。あれが得意でね。いっぺん、夜、兄貴と三人で飲んでるとき、話がそのことになったんです。「とうちゃん、あれは自分で言ってることと違うじゃないか」と言ったら、「なんで違うんだよ」「この噺とこの噺と、小噺で枕に使うやつじゃない」「そうだよ。だけどその噺やってるわけじゃねえからいいんだ」「そいじゃこのあいだ言ってんのと全然違うよ」と言ったんです。酒飲みの噺につく、女郎買いの噺につく、若旦那の噺につくというようなのをどんどんやっちゃうと、前座が何と何の小噺をやりましたとは帳面には書かないから、ふっと当たり前に噺に入っちゃうと、そっちのネタを書くでしょう。そうするとあとからあがる人はそれを見て、出てないからってんで安心して、たとえば泥棒の枕をふって泥棒の小噺をやっちゃったりなんかするところがありますから。それを言ったらうちの親父、「ウーン」とうなってましたね、くやしそうだったけど（笑）。

ただ、それを見てたり聞いたりして、それをそのまんまやっちゃう人もいるんですよ、いまは。「志ん生がやってたからいいじゃないか」という感じでね。わりにそういうことを、昔はうるさかったですね、みんな。

江國　なるほど。今日は貴重なお話をありがとうございました。だいたいこういう咄、志ん朝さん、するのは嫌いなタイプなんだから（笑）。

志ん朝　わりにムキになっちゃうところがあるんです（笑）。

（1）東横百貨店が主催していた落語会。厳選したレギュラー出演者と、古典落語に徹した番組構成により、いわゆる〝ホール落語〟全盛時代を支えた。

（2）うだつのあがらない道具屋の主人が二束三文で引き取った汚い太鼓を、通りかかったお殿様が気に入り、お屋敷に持って行くことになった。高くは売りたいものの、下手なことを言って無礼があったら一大事と心配にもなる。

（3）五代目古今亭志ん生（一八九〇～一九七三）。朝太の名で高座に出て以来、十六回もの改名・襲名を繰り返し、39年に五代目志ん生を襲名。独特の話芸で人気を博した。金原亭馬生（十代目）は長男、古今亭志ん朝は次男になる。

（4）八代目桂文楽（一八九二～一九七一）。小莚の名で落語家としてスタートし、翁家馬之助で真打ちに昇進、20年に八代目文楽を襲名。完成度の高い緻密な芸風で〝昭和の名人〟といわれた。得意ネタは『明烏』『船徳』『寝床』など。

（5）六代目三遊亭圓生（一九〇〇～一九七九）。五歳の時から子供義太夫として寄席に出演、九歳の時に落語家に転じる。41年に六代目圓生を襲名。人情噺、怪談噺、廓噺、芝居噺とレパートリーの広さは落語界随一と言われた。

（6）五代目柳家小さん（一九一五～二〇〇二）。小きん、小三治を経て50年に五代目小さんを襲名。67年に『真二つ』で芸術祭奨励賞受賞。滑稽話が得意で、『うどん屋』『万金丹』など持ちネタも豊富。72年以来落語協会の会長を務めた。

（7）三代目桂三木助（一九〇二〜一九六一）。最初、春風亭柳橋の門に入り、柏葉。一時、廃業して花柳太兵衛として日本舞踊に転向するが、43年落語界に復帰。50年に三代目桂三木助を襲名。いなせな芸風で人気を博した。

（8）三代目三遊亭金馬（一八九四〜一九六四）。最初講釈師となるが、13年に初代三遊亭圓歌に入門して落語家に転向。19年に圓洲で真打になり、26年金馬を襲名。落語協会にも芸術協会にも属さず、おもに東宝名人会に出演した。

（9）道楽が過ぎて勘当された商家の若旦那の徳兵衛が船頭になったが、素人ゆえ危なっかしいことこの上ない。ある日、二人づれの客を送って行くことになったが、案の定なかなか思うように船は進まず四苦八苦。

（10）桂文楽が上野の黒門町に住んでいたことから、〝黒門町〟といえば文楽のことを指すようになった。

（11）源兵衛と太助は、父親に頼まれて堅物の若旦那をおこもり稲荷といつわって吉原へ連れて行く。遊廓とは気づかずに登楼した若旦那だが、花魁を見てここが吉原だとわかって泣き出してしまう。

（12）煙草の火をうっかり消し忘れてしまうくらい碁には目がない二人。泥棒が入ってきても一向に気がつかない。ところがこの泥棒がまた大の碁好きだったから、逃げるのも忘れて横からあれこれ口をはさみだした。

（13）年季が明けたら一緒になろうという女の書いた証文を信じていた猪之テキだが、なんと仲間の二人にも同じ約束をしていたと分かったから大変。三人でその吉原の花魁に仕返しに行くことになった。

（14）五代目桂文枝（一九三〇〜二〇〇五）。四代目桂文枝に入門し、あやめ。54年に三代目桂小文枝となり、92年に五代目文枝を襲名する。84年以来94年まで上方落語協会会長を務めた。

（15）上方落語で別名『たちぎれ線香』ともいう。船場の若旦那が色街の芸妓に惚れて通いつめるのを心配した番頭が一計を案じて、若旦那を蔵の中へ百日閉じ込めてしまう。出てきた時には、その芸妓はすでに亡くなっていた。
(16) 一八八八～一九六六。経済学者、文明評論家。元慶應義塾塾長。皇太子明仁親王（今上天皇）の教育に携わったことでも知られる。
(17) 大津絵節。俗曲の一つ。大津絵の戯画の画題をよみ並べて節付けたのが起こりで、江戸時代に流行した。
(18) 七代目橘家圓蔵（一九〇二～一九八〇）。八代目桂文楽に入門し、文雀。46年に月の家円鏡として真打ちとなり、53年に七代目圓蔵を襲名。渋い芸風で『お直し』『芝浜』などを得意とした。
(19) 幽霊が出るという噂のへっつい（かまど）を一円もらって道具屋から引き取ってきた熊五郎と若旦那だが、へっついの中から大金が出てきたから大変。有頂天になった二人が散財すると、その晩、「金返せ」と幽霊が現れる。
(20) 金のない長屋の連中が酒の肴をなんとか工面しようとバカバカしい相談をしているうちに、くさった豆腐が出てきた。それを通りがかりの見栄っ張りの若旦那になんとか食わしてやろうと企む。
(21) 五代目立川談志（一九三六～）。小ゑんを経て63年に五代目談志を襲名して真打ちに。参院選に立候補して当選したり、83年に落語協会を脱退して自ら立川流を創設して家元になるなど常に落語界の寵児として活動。
(22) お伊勢参りに旅立った三人組。小田原まで来たところで箱根越えのために馬に乗ろうと、たまたま道で会った馬子と交渉することに。ところが一人が乗った馬がびっこ馬で、揺れて馬上でお辞儀をする格好になってしまう。
(23) 別名「仇討屋」。浅草で大道芸をする姉弟のもとに現れた侍が、長年追い求めていた仇と分かったから大変。江戸中の話題となり、果し合いの場所の高田馬場には出店も出る騒ぎになったが、決闘は一向に始まる気配がない。
(24) 佃島の祭礼に出かけた小間物問屋の次郎兵衛だが、帰りの船にのる間際に、昔身投げを救った女に引き留められ、乗り遅れてしまう。ところがこの船が沈没。次郎兵衛の家ではてっきり死んだと思って通夜の準備が始まっ

た。

(25) 三代目春風亭柳好（一八八八～一九五六）。二代目柳亭燕枝に入門し、燕吉。17年真打ち昇進とともに三代目柳好を襲名。〝柳好ブシ〟といわれた独特な歌い調子の芸風で『がまの油』『野ざらし』などを得意とした。

(26) 林家三平（一九二五～一九八〇）。七代目林家正蔵の長男で、父に入門して落語家に。58年に真打ちとなり、ナンセンスでハチャメチャな芸風で一躍人気スターとなるが、脳溢血で倒れ、惜しまれつつ早世した。林家こぶ平（現九代目正蔵）は長男。

(27) 春風亭小朝（一九五五～）。春風亭柳朝に入門。80年、25歳という若さで36人抜きで真打ちに昇進。落語界のニューリーダーとして多方面で活躍している。

(28) 正蔵＝（33）彦六を参照。

(29) 桂文平（一九三六～）。八代目桂文楽に入門。文楽歿後七代目橘家圓蔵門下となり、73年真打ちに。

(30) 品川新宿の廓のお染は、紋日に着飾る金もないことが情けなくていっそ死のうと思い、道づれにうだつのあがらない独り者の金蔵を選ぶ。金蔵はお染に頼まれて、有り金はたいて死に装束を二人ぶんそろえる。

(31) 五代目春風亭柳朝（一九二九～一九九一）。八代目林家正蔵に入門。62年に真打ちに昇進し、五代目柳朝を襲名。いせいのいい、江戸っ子気質の落語家だった。

(32) 大晦日に借金で年が越せない甚兵衛の依頼を受けた座頭の富の市が、先手必勝とばかりに掛け取りがやってくる前に、米屋、薪屋、魚屋を言い訳してまわるのだが。

(33) 林家彦六（一八九五～一九八二）。三遊亭三福に入門。20年に円楽で真打ちに昇進。50年に七代目林家正蔵を襲名。怪談咄と芝居咄の大家。76年に『牡丹灯籠』で芸術祭大賞受賞。80年に正蔵を返して彦六と改名した。

(34) 十代目金原亭馬生（一九二八～一九八二）。志ん生の長男に生まれ、14歳で父親に弟子入り。古今亭志ん橋で真打ちに昇進、49年に十代目馬生を襲名した。古典落語の正統派だったが食道癌のため早逝。

（1994）

待ってました。イヨォッ！

中村江里子と

中村江里子（なかむら・えりこ）
一九六九年生まれ。
フリーアナウンサー。
『エリコロワイヤル』『エレガンスの条件』（共著）など。

お客さまに想像させることが、落語では一番大事なことなんですね。

中村　落語は言葉を聞いて、想像する世界で楽しいなと、今日も志ん朝師匠の高座を拝見して、古きよき時代といいますか、とてもいい気持ちになりまして。どうしてもテレビ世代の私たちは普段目で見て笑うんですが、落語は耳で笑ってるという感じがするんです。

志ん朝　ありがとうございます。それはほんとに、想像させるのが落語では一番大事なことでねえ。テレビよりまだラジオが盛んな時分は、ずいぶん落語の番組があったんです。とりわけラジオの落語は、もちろん姿が見えませんから、しぐさなんかわかんないんで、よけい想像をたくましくして聞くわけですよね。そうすると、その人の想像力の差が出てくるんですよね。想像力があまりたくましくない人は、あんまりねえ、おもしろくない、たくましい人はおもしろい。それで言葉を大切にしましたから、噺家にとってはよかったんですよ。

中村　言葉に対して今よりも厳しかったですか。

志ん朝　今は寄席でも半分目で笑うことがありますから、言葉が正確でなくとも、あんまりお客さんもうるさく言わなくなっちゃった。ラジオの時代のほうが、そんな言葉遣いはないよとか、なまりがどうとかってことをよく言いました。ラジオだとお客さんの耳にも、それがはっきりわかるわけですよね。ちゃんとした言葉使って、ちゃんとした言い方をしないと、相手に伝わらない。目からとる笑いというのもありますけど、それだと、そういう苦労はしなくていい場合もある。

中村　私も職業柄、きちんとした日本語をと思うんですけど、正しいと思って話してる言葉が違ってたりして。落語を聞いてると、とても日本語がきれいですね。

志ん朝　若手の勉強会のときによくその話をするんです。落語はただしゃべる芸だから、差をつけてこそ初めてお金をいただけるんでしょうとね。大勢の人の前ではっきり話ができて、言葉や言葉遣いにこだわりをもってこそ、差がつくんじゃないのっていつも言うんですがね。あんまり気にしない人が多くなりました。なまるなんていうの、全然気にしないですよ。

中村　基本的にはそれはいけないんでしょう?

志ん朝　いけないっていうよりは、聞いてて気持ち悪くなっちゃいますよねえ。

中村　落語はパッと座られて、いきなり話し出されて、それしかない。そこに人が一人いるだけで笑わせるのは、なんてすごいことなんだろうといつも思います。

志ん朝　うまい人っていうのは想像させることがうまいんですね。想像しやすいしゃべり方なんでしょうねえ。あたしたちのほうではくすぐりっていうんですけど、まあギャグですね。これも今はなぜおかしいかみたいな説明を、どういうわけだかするんですね。

中村　わざわざ丁寧にギャグを説明しちゃう。

志ん朝　あたしは上質なギャグとは、聞いた人が勝手にさまざまな想像をした結果、とてもおかしいというのが、本物だと思ってるんですよ。うちの親父の志ん生って人は、それが非常に巧みでしたんでねえ。なんかこう一言言ったことで、いろんなふうに想像させていく。

中村　ヘェーッ。

志ん朝　だから、そういうふうにやりたいなと思うんですがねえ。テレビで育ったせいか、想像力のたくましくない人が多いんで、ポンと言った後、笑いがこないから、その辛さに耐えられずに……。

中村　アハハハハハ、なぜそこがおかしかったかってことを言わなきゃいけなくなる。

志ん朝　ウワーッと補足するんです。これがちょっと情けない、まずいなあと思うことですね。テレビを拝見しても、言いっぱなしっていうのはあまりないですね。

中村　言いっぱなしだと、結局何がおかしかったか、わかんない人たちが多すぎますよねえ。師匠でもフォローなさるんですか？

志ん朝　なるべくしないようにしてます。たとえば、あたしの親父のくすぐりで、いろんな大道商売の話でね。九州だかを旅したときに、大道にブリキの水槽があるんですね。水が張ってあって、はじに幾つか穴があいてて、穴の上にタバコの名前が書いてある。その頃だと朝日だとか、敷島、光だとかのタバコの名前が書いてあって、で、ゲンゴロウっていますでしょ。

中村　はい。

志ん朝　そのゲンゴロウを水槽に、ポンとおやじが浮かべると、それが一所懸命泳いでってどこかの穴へ入るんです。で、その入ったとこのタバコがもらえる。
中村　おもしろいですね。
志ん朝　当時、敷島だったかなあ、それが一番上等な値段の高いタバコらしいんですよ。あとは何ももらえない穴とか、安いタバコの穴なんですって。で、一銭出して、はいって言うと、そのゲンゴロウを網でしゃくって、そのおやじがポンと水槽に入れると、これがジーッと泳いでって、どういうもんだか、何も書いてない穴に入るんですって。
中村　アハハハハハ、何ももらえない穴に。
志ん朝　悔しいから何回やってもそこへ入ってくんですって。たまにそうでもない穴へ入ることもあるんだけど、一番上等の敷島の穴には、まず入らない。
中村　アッハハハハ。よくできてる！
志ん朝　「いやあ、うまく育てたもんですなあ、きっといっぺん敷島の穴へ入って、ひなたに干されたことがあるんでしょうなあ」ってくすぐりがあるんですよ。
中村　アッハハハハ、ええ。
志ん朝　そうすると、ひなたに干されてるゲンゴロウの顔がこう目に浮かぶんですよ。そのゲンゴロウをこうやってせっかんしているおやじの顔が、ふっとまた浮かんで、この想像をしたときに、ものすごくおかしいんですよ。いつまでもおかしいの、アッハハハハ。
中村　干されてる姿を想像するとすごくおかしい（笑）。

志ん朝　きっとすごく後悔してねえ（笑）。
中村　虫も後悔する……、ハハハハ。
志ん朝　そう、絶対あすこへは入るまいと思ってるんじゃないかって想像して。そこを今の人はくすぐりの中で、言っちゃうんです。きっと後悔したんでしょうなあとか、いろんなことを。それは想像できるじゃありませんかってことまで言う。
中村　確かにそうですね。言っちゃいますね。
志ん朝　それは言わないほうが上質なんだとあたしは思うんです。どんどん想像して、笑いが膨らんでくのを今は、制約しちゃうわけですよ。
中村　でも完全に説明される笑いに慣れてしまってるから、あえて指摘されないと気がつかないことですね。
志ん朝　うちの親父はそういうの知らん顔して、次から次へポンポンポンポンいっちゃいますよ。やっぱりそのほうが形はいいですね、カッコいい。

寄席のネタ帳にみる心遣いと落語の中の言葉遣い

中村　落語の世界で言ってはいけない言葉ってありますか。
志ん朝　ええ、放送禁止用語と同じですね。楽屋にネタ帳というのがあって、前座がつけていくんです。たとえば『寿限無』、志ん朝と書いて、次に上がる人へ持ってって、この後よろしくお願いしますと。その日のネタをどんどん書いてくんです。だんだん深くなるにつれて、やるものが少なくなってくるんですよ。同じジャンルや形態はよける、酔っぱらいの話が出たからよけようとか。オウム返しのものは出てるからよけようとかね。

中村　ネタが重ならないための工夫ですね。

志ん朝　そのネタ帳に小さな紙をこうパッとかけてね、足の不自由な人がお見えですとか、車椅子のかたがお見えですとか、ちゃんと書くんですよ。

中村　ウワーッ、そうなんですか。初めて聞きました。

志ん朝　それでそういう話は避けるようにとか、そういうことで神経は使うんですよ。

中村　それは若い噺家のかたにも受け継がれてますか。

志ん朝　今の若い人はわりによく心得てて、言っちゃまずいことは、なんでもなくすっとよけられるみたいですよ。あたしらの年代のほうが、昔、何気なく使ってた言葉が放送禁止用語になってるから。

中村　ええ、そうなってますから。

志ん朝　困っちゃうことがあるんですよ。ただ、寄席の場合はね、それはいいではないかってとこがありましてね。ある盲目のかたとお話しする機会があって、そしたら、「いやあ、そういうお気遣いが一番、かえって困るんだ」と。気遣ってるのが手にとるようにわかるっていうんですよね。「それよりも普通にしゃべってくれたほうが、私たちは承知で聞きに来てるんだから、なんでもないんですよ」って。それで少し、安心しましてね。放送禁止用語もなかなかやっかいですね。

中村　悪気があって言ったわけじゃなくても、引っかかるから、言うまい言うまいと逆に意識しますね。絶対に出しちゃいけないと神経質になりすぎちゃって。

志ん朝　落語にはいっぱいあるんですよ。とりわけ関西の滑稽話なんて、もうごく下世話な世界の話にそういう言葉がたくさん出てきます。

中村　登場人物たちが語るわけですものね。だから、たとえば、誰のことを言うのでもなく、自分のことをびっこと言うのでも、だめだっていう……。

志ん朝　ましてや落語は、昔の裏町でしゃべってるのに、足の不自由ななんて言い方はしないんですよ。

中村　そうですよねえ。

志ん朝　明きめくらという言葉も、僕ら、高座では平気で使いますけどもね。いわゆる無学文盲ということに対して言うんで、意味が違いますから。『子別れ』という話は、道楽がもとで、女房子どもを追い出しちゃって、それがいけないことだったと目が覚めて、一所懸命やってる職人が、バッタリ子どもと出くわすんです。「おっかさんが学校行かなきゃだめだって。これからはたとえ職人でも学問がなきゃだめだ。おまえのおとっつぁんは職人として腕はいいけれども、明きめくらだった。おとっつぁん、明きめくらなんだってねえ、よくあたいがここにいたのがわかったね」って言う……。
中村　アッハハハハハ。
志ん朝　こういうくすぐりがあるんですよ。

噺家の魅力と巧みさについて。芸人の最終的な一番いい形とは？

中村　今、落語家のかたってかなり、数はいるんですか。
志ん朝　噺家の数は東京だけで三〇〇人ぐらいでしょうか、前座、二つ目まぜて。
中村　真打ちのかたがどのくらいですか。
志ん朝　この頃、けっこういるんですよ。一五〇、六〇人いますかねえ。歌舞伎でいう名題《なだい》というのが、噺家の真打ちなんですけど、昔に比べれば、最近の真打ちの重みっていうのは、うんと減りましたね。
　ヘンな話、いわれのないのはいけませんけど、ある意味で階級的な差別みたいなものはあってもいいんじゃないかと思ってるんですよ。たとえば前座が一人、二つ目一人、真打ち二人の一行で、仕事に行きますね。以前は真打ちだけがグリーンなんですよ。二つ目、前座は今でいえば、なんていうんですか？
中村　指定席。
志ん朝　あるいは自由席ですよ。そういう差をつけたんですね。ところが、今はもう向こうがどなたでもって、へたすると、前座まで全部グリーンなんですよ。

中村　ハーッ……。

志ん朝　「おい、おまえ、何号車だ?」って言うと、「ええ、あたくし、あのう、今日のお仕事は、同じそこなんです」。（眉間にしわ寄せて）「何い?」。

中村　アッハハハハハ。

志ん朝　別に意地悪で言うんじゃないんだけど、なんだかちょっとつまんないのね。やっぱりそこに乗れるようになるっていう、その楽しみみたいなものがねえ。

中村　ありますよねえ。最初自由で、今度やっとグリーンに乗れるんだっていう……。

志ん朝　それがなくなってきちゃって、かわいそうだとか、どうだとかって意識は、あたしに言わせりゃ、妙な気持ちの悪いやさしさですよ。もっとスパーンと、おまえはこっち！　俺たちはこっち。平等も何もない。平等なんてないんだ、こういう世界にはってね。

中村　アハハハハハ、ええ。

志ん朝　ここに来たかったら、一所懸命勉強して、出世してこっちへ乗るんですってほうが、すっきりしてて、かえっていいんですよ。ここんところ、ほかの社会もそうなってんのかどうだか、おもしろくないですねえ（笑）。

中村　ある種のいわゆるハングリー精神がなくなっちゃいますよね。

志ん朝　ないんですよ。だから下から上がってくる力強さみたいなものが、あんまりないんですね。
中村　師匠はやっぱり落語界の未来について、聞かれることが多くていらっしゃいますか？
志ん朝　必ず、聞かれるの（笑）。これから先の落語界はっていうこと。
中村　アハハハハハ、やっぱりそう……。
志ん朝　スターが登場するというのが、一番手っとり早いんですね、その社会が繁栄していくうえで。だから、若い落語家のスターが出てくれることは、願ってもない大事なことなんですよ。
中村　落語って、もちろん天性のものがいりますよね。何をどうすると、師匠のようになれるんでしょう。
志ん朝　いや、それはわかんない。ただあたしが持論としていつも言ってるのは、プロはうまくなくていいと思うんです。アマチュアはうまくなきゃだめですね。
中村　えっ、そうですか？
志ん朝　プロはうまくなくてもいいと言うのはねえ、できりゃあ、うまいほうがいいんです。やっぱりうまくて人気者ならいいんです。そうでなければ、うまくなくても、客を引きつけるだけの魅力があればいいんです。
中村　志ん朝師匠がおっしゃるから、重みがありますねえ。
志ん朝　あたしたちの社会ではよく化けるってことを言うんです。「おい、あいつとうとう化けたねえ」って。これはほめ言葉です。「あいつはどうやってもだめだよ。あの口調だろう、あの風貌だろう。それにあの声だもの、あれはもう噺家は無理だよ」と言ってたのが、いつかドーンと富士山みたいに一晩にして変わって、人気者になるのを、俗に化けるって言うんですがね。一番最近で典型的なのが、林家三平さんです。

中村　一番最近であのかたなんですかかあ？　こぶ平さんのお父さんですよねえ。

志ん朝　そうよ、（右手を頭に持っていって）「どうもすいません」て言う（笑）。

中村　でも三平さん以後化けてないっていうのは、ずいぶん化けてないってことですよねえ。

志ん朝　ずいぶん化けてませんよォ。時代の寵児がいないでしょう。

中村　いかに化けるのが難しいかですね。

志ん朝　化けるってことは、結局才能があるってことなのかもしれませんね。三平さんはそれまでの噺家の物差しではかれない人なんですよ。とにかくみんなに好かれた大結構人で、もう好人物なんです。それで普段は「おかしいやつだね」って楽屋で言われるわけです。ところが高座へ上がるとおかしくない。まともに噺はできないから、考えた小話なり、教わった小話をやると、やり方がまずいから、全部それちゃうんですよ。

中村　ええ、ええ。

志ん朝　そうすると、袖で聞いてた仲間がウワーッと笑うわけですね。その笑い声がいつしか客席へ移ってってたんです。で、あるときバーンと大スターになったんですねえ。完璧に大化けの人です。あのかたが化けたために戦後寄席ブームという言葉ができた。たいへんな功績を残したかたなんですよ。だから、あたしはたいへん尊敬してる人なんですけどね。三平さんが全盛期には、笑いでお客さまがこう揺れましたもんね。

中村　ヘエーッ。やはりすごく時代にピッタリとはまったかたなんでしょうねえ。

志ん朝　それでもう、お客さまに甘えるというか、(三平師匠の声色で)「もっと笑ってくださぁい」とか(笑)、いろんなこと言って、それは楽しい楽しい高座でした。

中村　化けるってことは、そうすると、逆にまわりも予測できないってことですか。

志ん朝　そう、予測できないです。ただ、今もいますよ、「こいつ、ひょっとすると化けるんじゃねえかなあ」って思うのが……。

中村　えっ、どなたですか？

志ん朝　いやいや、誰とは言えないけれども。それ言っちゃうと化けなくなっちゃうんです。

中村　アハハハハハ。では化けるのを楽しみにして。

志ん朝　化けてくれ、化けてくれと、あたしはいつもそう思ってんですよ。というのは、もう化けてもいいんじゃないか？　っていうような人が、長年化けずにいまだにいるっていう……。

中村　アハハハハハハ。

志ん朝　現状がね、困っちゃう。

中村　お父さまの志ん生師匠は、高座で居眠りをされて、お弟子さんが起こしにいこうとたら、お客さまがいいよいいよ、寝かしときぃとおっしゃったとか。

志ん朝　そうそう、そういう話がある。もっともそのまんま寝かしといたわけじゃないですよ（笑）。

中村　その寝てる姿もなんかこうおかしく、楽しくって、魅力があったんでしょうねえ。

志ん朝　志ん生ファンというのは、あんたのおとっつぁんの姿を見ているだけでもう十分なんだっていうお客さまがいっぱいいるんですよね。それが、あたしは最終的な芸人の一番いい形なんだと思うんです。噺家の中でとりわけうちの親父がそうでした。ほかのかたはみんな、巧みなためにちょっと舌がまわらなくなったら、全盛期の魅力から、グッと下がってしまわれたり。

中村　そういうことってあるんですね。もうしゃべれなくってもいいっていうのとはたいへんな違いですね。

志ん朝　なかなかなれることじゃないけど、是非親父のようになりたいと思いますねえ。それには自分に魅力を備えなきゃなんない。それこそ魅力なんてのは、稽古して備わるもんじゃないでしょう。

中村　たいへんなことですよね。

志ん朝　どうやったらいいんです？　って、それこそいろんな人に聞きたいくらいですけどもねえ（笑）。

（1996）

親父は親父、芸は一代。

林家こぶ平（現・正蔵）と

林家こぶ平（はやしや・こぶへい）
一九六二年生まれ。
落語家。二〇〇五年、九代目林家正蔵を襲名。
『子は鎹』『大工調べ』『ねずみ』など。

神棚、切り火、昼間から家にいる父親。

志ん朝 あたしもこぶも、同じく芸人の家に生まれ育ったわけだけど。子どもの時分に、近所の同じ年頃の友達と遊ぶとね、その子のうちに行くでしょ、すると全然うちの生活と違うんだよね。

昼間遊びに行っても、よその家にはお父さんがいない、夕方になって帰ってくる。でも、あたしの家には、いつでも昼間に親父（五代目古今亭志ん生）がのそのそいる。日の暮れ方になると、出てくる。泥棒だね（笑）。

あたしは昭和十三年の生まれだけど、そのころでも、仏壇はあっても神棚はない家が多かった。神棚っていうのは縁起棚で、そういう商売のおうちしか、だいたいないでしょ。だから、なんでうちにはこういうものがあるんだろうと思ってたね。

何より、親父が出かけるとき、おふくろが切り火をする、これは芸人のうちならではなんだろうね。だから、妙なうちなんだな、と思っていた。

こぶ平 お父さんが、噺家だっていうことはわかっていたんですか。

志ん朝 親父がラジオの放送に出るのを聞くようになったころから、わかりだした。放送が始まると、おふくろが「お父ちゃんだよ、お父ちゃんだよ」って呼ぶんだ。それが放送があったあくる日に、友達んとこに遊びに行くと、騒いでくれるんですよ。「昨日、お父さんの放送聞いたよ」なんて。それがちょっと自慢だったかな。
親父が噺をさらったりしているときには、騒いじゃだめだって、よくおふくろに怒られたこともあった。

こぶ平　うちもそうでした。父親（林家三平）のところに、放送作家のかたが集まることがよくあったんですが、お客さまの靴が玄関に並んでいると、百円渡されて、表に出される。
私が子どものころは、父は、もう売れている最中だったから、とにかく家にいなかった。だから、会いたくても会えなくて、テレビのなかで会うしかなかったんですよ。父が出演するテレビ番組が始まる時間になると、家族一同テレビの前に座るんです。全員正座して十人くらいずらっと並んで、親父が出てくると、テレビに向かって「ご苦労さまです」って一礼する（笑）。出番が終わると、今度は「お疲れさまでした」って。ほんとうに妙な家でした。

志ん朝　そう、あたしとこぶとは一時代違うんだ。あたしの時分はラジオだったよ。親父は、ラジオによく出ていた。HNKの「日曜演芸会」という番組の収録にくっついて行くのがとても楽しみだったね。
リーガル千太・万吉とか、当時の大スターが出演していて、あの番組に出られれば、寄席芸人として、大変なものだったんだ。すっごい聴取率でね。親父がその番組に出ていたころは、自分のなかでも親父が目標になっていた。大変な人気で、親父はすごいなって思ってた。

こぶ平　そのころ師匠は、落語家になろうと思っていたんですか。

志ん朝　そのころは思わなかったね。同時進行で芝居のほうに夢中になっていたから。しょっちゅう芝居、歌舞伎に通っていたよ。とにかく役者になりたかったから、のべつ芝居ばかり見ていました。中学一年生くらいからは、一人で見に行くようになっていた。

こぶ平　歌舞伎役者になりたいっていうことは、お父さんにはお話しされたんですか。

志ん朝　うん。そしたら、親父が「うーん、弱ったな、お前《まい》」って。そのころ、親父が役者さんのところでご贔屓になっていて、宴会があると呼ばれていくことがあったんだよ。あたしも、亡くなった萬屋錦之介さんに言われたことがある、「私はあんたのお父さんの噺を何席も聞いているんですよ」って。

こぶ平　そうなんですか！

志ん朝　そういうところに行って来ると、帰ってきた親父が自慢げに話すわけだよ。だから、親父に言えば、口きいてくれるなと思ってたんだけど、「ああいうところは、世界が違うんだから、傍《はた》から入っていったって、駄目なんだから」と……。

こぶ平　駄目だって言われちゃったんですか。

志ん朝　今でこそ、国立劇場の研修生のほうから入っていって、人気者になった人もいるけれど、そんなことは、その時分は絶対にないんだから。腕が良くても駄目になっちゃうという時代だったんだよ。

こぶ平　噺家になれとは言われなかったんですか。

志ん朝　言われましたよ。噺家ならどこへでも行って、ひとりでできるから、そっちのほうがいいよって。芝居のほうは、自分がやりたいと言ったって、向こうがやらしてくれないんだ、一人じゃどうにもならないんだよ。だから噺家のほうがいい、噺家のほうがいいって、さんざん言われた。それで、とどのつまりあきらめて、あたしは噺家になったんだ。

こぶ平　うちの父親は、噺家になれとは、一言も言いませんでした。でも、私が噺家になりたくなるような伏線は張っていたんです。父親の仕事の余興に連れていかれて、小噺をやらされたこともありまして。くだらない小噺なんですが、子どもがやると、わーっとウケた。それは、気持ちがいいものでした。

志ん朝　じゃあ、噺家になりたいって自分で言ったの。

こぶ平　ええ……でも、駄目だって言われました。おまえは、気持ちが浮わっついているからって。それでもあきらめずに、二度、三度とお願いして、三度目でやっと許してくれたんです。そこまで言うなら、おまえ、本物だって。私は親父に試されていたんですよ。

　実は、私が噺家になりたいと思ったきっかけは、志ん朝師匠の高座なんです。三百人劇場（文京区千石）に、詰め襟を着て見に行った師匠の独演会。最初『花見の仇討ち』で中入りをとられて、『富久』でトリ。あの高座が、私が噺家になるきっかけでした。

志ん朝　そう、申し訳ないことしちゃったね（笑）。

こぶ平　師匠の高座を見た後、自分は絶対に噺家になるんだと決意して、その日の夜に親父に言ったんです。それで、断られた。でも、これは後日談で母親から聞いたんですが、私が噺家になりたいと言ったとき、父はものすごく嬉しかったようです。

滑稽に振る舞うことも、仕事であるということ。

志ん朝　自分の職を継いでくれるっていうのは、親は嬉しいんだよね。うちの親父のころは、噺家っていう職業が、世の中で認められていなかった時代でしょ。どっちかっていうと下に見られていた。どこのうちでも、倅を噺家にはすまいと思っていた。だから、苦しい最中《さなか》でも、学費を出して学校にやって、堅い職業につけたいという時勢ですよ。

こぶ平　よくご年輩の師匠方が、噺のマクラで、噺家を低くおっしゃることがありますけど……。

志ん朝　あたしなんかも、まだそう思ってますよ。

こぶ平　年代的に違いますと、なんで師匠方がそういうふうにおっしゃるんだろう、と思っているんです。

うちの父親もまさにそういう人でした。クイズ番組に出ているのを見ていても、「その問題はお父さん、このあいだ話してたことなのに」という問題でも、アーッて言って間違えるんですよ。それで、賞品がとれなくてくやしいなんてことを、おもしろおかしく言う。「お父さん、答えわかってるのに、どうして」って、父親のそういう姿が子ども心に嫌で嫌でしかたがありませんでした。するとおふくろが「いいの、あれは仕事なんだから、あそこで答えちゃったら駄目なんだよ」と。

志ん朝　以前、関西で制作放映していた「アップダウンクイズ」っていう、問題に正解すると、回答者の乗ったゴンドラがひとつ上がっていって、てっぺんまで行くとハワイにご招待っていう番組があったでしょ。それに噺家が出演することになって、あたしのほかに、一昨年亡くなった桂枝雀さんが一緒に出たんですよ。枝雀さんはすごく頭がいい人だったから、次々と正解して、ゴンドラもポンポンポンと上がっていく。ああ、この人はハワイに行くなと思っていたら、最後の最後で、誰でもわかるような問題を間違えた。あれは絶対わざとだったと思うよ。確かめなかったけど。

こぶ平　え――！

志ん朝　「惜しかったですね」なんてアナウンサーに言われてさ、枝雀さんがくやしがっているのを見て、すごいんだなこの人は、って思った。

でも、へつらっているほうが精神的に楽でしょう。「おう、志ん朝！」なんて言われて「へい、どーも」って頭下げているほうが、楽よ。「なに!?」なんて、とがっているとくたびれる。

高座でバカなことしゃべって、わーっと喜ばれるってことは、優越感与えているってことでしょ、お客さんに。優越感は与えたほうがいいよ。劣等感与えたら、お客さんは笑わないさ。そんな人の噺なんか聞きたくないよ。

こぶ平　やっと自分はそこを突き抜けました。早いうちからテレビなどに出させていただいていたので、顔は知られていまして。だから、道端で知らない人に「こぶ平だ」って笑われたりすることも結構あった。いちおう「あ、どうもー」って言うんですけど、顔が笑っていない自分がいたんです。心の中ではなんで自分は笑われなければならないのって、思っていました。でも、やっと今です。ふっきれたのは。

志ん朝　それは結構。でも、あたしも、結構ついこの間までそうだったんだよ。でも、もう、そういう年齢《とし》じゃない。

親父の背中から学んだ、「芸は人なり」。

こぶ平　父親のことに関しても、ふっきれてきました。今まで、テレビに出るときなどは、父親がらみの話でいろいろとかまってもらえるのは、楽な部分でもあったんですが、こと落語に関して言うと、どうしたらいいのかな、というのが正直な話でした。寄席の席亭さんに使っていただくときも、「漫談でお願いします」とか、「できればお父さんみたいな」「お父さんのような」と言われて。お客さんの反応を見ていても、父のことを言ったり、父のやってたスタイルだったり、父のような小噺をやったりすると、やっぱりウケるんです。そればかりを何年かずっとやってきて、果たしてじゃあ、自分は何なんだろう、と思うようになりました。

志ん朝　あたしはそんなに親父のことは気にしなかったね。負担にも感じなかった。そういう意味では、むしろ兄貴（十代目金原亭馬生）のほうが迷惑こうむっていたかもしれないね。

こぶ平　私は、真打昇進試験のときに、『孝行糖』をやって、合格させていただいたんですが、何をやろうか、実はとても迷ったんです。父のような漫談をやったらいいのか、それとも父と違うような古典をやったらいいのか。結局、すべての判断基準が父親で、自分ではない。では、自分は何をやりたいの？　と問われても、答えがなかったんです。

志ん朝師匠は、周囲から〝志ん生の息子〟ってことを言われることはなかったんですか。

志ん朝　ありますよ。お客さんに「この間、テレビでお父さんの高座を見たよ。懐かしかったな、聞きたいな、お父さんのあれを」って言われたりね。それは、そのときにこっちの虫の居所が悪ければ、逆らっていったこともありました。「お亡くなりになるといいですよ、上で会えますから」（笑）、なんて言い返したり。それでも、なんでもないと思っていた。あたしはもうずいぶん昔から、親父を追い越すとか、親父のようなとか、そういうことは一切考えていなかったんだ。

よく三遊亭（六代目三遊亭圓生）が言っていましたよ。「剣術にたとえれば、私は道場でやったら、志ん生さんから何本かとれますが、野戦となって本身で斬り合いしたら、絶対に私は斬られますよ」って。そういうたとえをされた親父の芸ですから。それと同じようにはできないと、はなっからあきらめてました。あたしは黒門町（八代目桂文楽）に傾倒していたから、やり方としては、その路線。噺の処理の仕方とか、扱い方はね。志ん生のコピーやってたら、絶対駄目ですよ。うちの親父だから通った、ということはいくらでもありますから。

親父とは別なんですよ。生まれも違う。育ちも違う。持っている元々のものが違う。経験が違う。全部あたしとは違うんです。親父みたいな経験をしたから、食うや食わずの思いをしたから、ほかの人には考えられないようなくすぐりが生まれた。なんとかして上へ上がらなければならないという、死にものぐるいの思いをしたから、ああいう噺ができた。あたしが同じようにやったって、絶対そこに近づけるわけがない。

こぶ平　うちの父親も、芸っていうのは一代のものだって言ってました。

志ん朝　「芸は人なり」ってことを、あたしはよく言うんだけど、いわゆる落語を媒体にして、その人物を見せる、それが魅力なんですよ。だから極端な話、落語なんてやらなくていいんです。三平なら三平、志ん生なら志ん生が出てきて五分高座に座っているだけでも、お客さんは喜ぶかもしれない。でも、それは稽古してできるものではなく、持って生まれたものだから。

林家三平一門会があったときに、頼まれたから、あたしが一人だけ別の一門から行ったんだ。すると、三平兄《あに》さんが「あ、ぼっちゃん、今日、トリ」ってあたしに言う。「兄さんの一門会なんだから、兄さんが一番しまいに出るんじゃ……」「いや、いいの、あたしは中入り。いいの、いいの」って、会が始まった。そしたら、出てくるお弟子さんたちがはじめからしまいまで、全部、師匠のネタやっちゃうわけですよ（笑）。だから、実際に三平兄さんが高座にあがってきて、何かやっても客席はシーンとしている。すると「あ、このネタ誰かやっただろ」って（笑）。「ばん平？　らぶ平？　あ、らぶ平がやったんだろ、もう、おまえは破門ですから。ずっとオルガン弾いてなさい。〝ハモンドオルガン〟。……これも誰かやったな？」（笑）

それがもうやけにおかしかった。あれは、真似できるもんじゃない。それから間もなくだったね、亡くなったのは。

こぶ平　父親からは、芸を盗むということよりも、やはり生き方とか、勉強量とか、倅だから見られた、父親が陰で努力する姿から、多くのことを学んだと思います。その父親の人間性が見えると、ほんとうに親父の倅で良かったなと思いました。

志ん朝　あたしはこぶにも、なんとかスターになってもらいたい。どんな社会でもスターがいないと駄目なんだ。それで、誰かにそういうふうになってもらいたいと思うところがあって、誰しもこいつだったらいいだろうと考えると、こぶは、そのスターというものに一番近づきやすい、何人かいるなかの一人だと、あたしは考えている。売れなきゃ、許さないと思ってますよ。

こぶ平　そのお言葉に応えるべく、日夜励んでいる……今日この頃です（笑）。

テレビのお仕事もやらせていただきつつ、ほんとうに、古典というか噺をみがきたい、研鑽したいという気持ちになっているんです。父親のことではなく、自分がやりたいことを研鑽したいと思える、そのステージにやっと立てたんです。

今までは躊躇もありました。何年か前、師匠に芸のことでお話しさせていただいたときは、自分自身どうしたらいいかわからなくて、思わず、「師匠、ぼくはどうしたらいいんでしょう」って聞いてしまって。師匠も「それは、わからない」って（笑）。でも、今やっと、自分はこうしたいんです、こういう稽古がしたいんです、こういう芸人になりたいんです、ということを師匠の前で、お話しできるようになりました。

志ん朝　それでそういう気持ちになっていると、ちょっとつなぎに出た言葉がサマになったりするんだよ。それまでは、三平に近づこうするために、高座でとても愚かしくふるまうというところがあったでしょう？　それはそれで必要なことなんだ。客にへつらうことを気にしていたら、何もできない。でも、その一手じゃないってことはわかったんでしょ。だから、これからも、まともに稽古をしていけば、おのずと自分の層が広がっていくんだと思いますよ。余裕が出てね。

こぶ平　今、前よりもいっそう落語がおもしろいんです。高座にあがっていても、稽古をしていても、人の噺を聞いていても、それこそ前座さんの噺を聞いてても、落語ってこんなにおもしろいもんなんだって、ほんとうに思えるようになりました。

志ん朝　そう、落語はおもしろいんだよ。

（2001）

●初出一覧

×山藤章二　「僕ら、廓を知らなくとも廓話はできる」(『週刊文春』73.10.29)
×金原亭馬生×結城昌治「最期まで高座に燃やした志ん生の執念」(『週刊朝日』77.9.23)
×池波正太郎「"普通の人"の感覚でないといい仕事はできない……」(『週刊読売』79.5.6−13)
×池田弥三郎「日本語って、混乱してるようでも実に生命力に溢れている」(『週刊読売』79.11.25)
×結城昌治　「世の中ついでに生きてたい」(『小説現代』80.6)
×中村勘九郎「芸を語る 父を語る」(『文藝春秋』83.1)
×荻野アンナ「笑いと想像力」(『文學界』94.4)
×江國滋　「落語も人物を描かなきゃ……」(『文學界』94.11)
×中村江里子「待ってました。イヨォッ!」(『家庭画報』96.12)
×林家こぶ平「親父は親父、芸は一代。」(『東京人』01.11)

古今亭志ん朝

（ここんてい・しんちょう）

1938年、東京生まれ。落語家。
古今亭志ん生の次男（長男は金原亭馬生）。1957年入門、1962年に真打昇進し、三代目古今亭志ん朝を襲名。2001年、死去。俳優活動でも知られた。著書に、『志ん朝の落語』1〜6、『志ん朝の風流入門』『志ん朝のあまから暦』など（いずれも共著）。落語CDに『古今亭志ん朝』全20巻（ソニーミュージック）

世の中ついでに生きてたい

二〇〇五年九月二〇日初版印刷
二〇〇五年九月三〇日初版発行
著　者――古今亭志ん朝
発行者――若森繁男
発行所――株式会社河出書房新社
東京都渋谷区千駄ヶ谷二―三二―二
電　話――〇三―三四〇四―一二〇一［営業］
〇三―三四〇四―八六一一［編集］
http://www.kawade.co.jp/
本文組版――KAWADE DTP WORKS
印　刷――モリモト印刷株式会社
製　本――小高製本工業株式会社

定価はカバー・帯に表示してあります。
落丁本・乱丁本はお取替えいたします。
ISBN4-309-26851-X
Printed in Japan